浅《あさ》草《くさ》迄《まで》

北野武

河出書房新社

浅草迄

目次

絵＝丹下京子
装幀＝矢野のり子
編集協力＝岸川真

浅草迄

あさくさまで

足立区島根町

母親の胎内《たいない》にいるときクラシック音楽を聴いていた記憶があるとか、はじめて母親に抱かれたときのことを覚えているなど、頭がいいのか天才なのか、もしくは嘘つきなのか、そういう類《たぐ》いの奴がいるが、俺の一番古い記憶といえば、母親におんぶされてネンネコ半纏《はんてん》から顔を覗かせ、洟《はな》を垂らしたほっぺたを近所のおばさんに撫《な》ぜられ、「たけちゃんは誰の子?」と訊かれると、必ず「アメリカ人の!」と答えていたことだ。

こういうことを俺はいろんなところで喋《しゃべ》ったり、他人が文字にしてるんだけど、いざ自分が書くとそれが本当だったのか、どっかで記憶が誰かのものと混線してるんじゃないかと思ったりもする。それは喋りすぎたのか、誰彼《だれかれ》の耳に入ったことで別のフィクションになっちまったのか、そこらへんは精神科医じゃないのでわからない。ただ記憶ってのが、誰のために、何のためにあるのか曖昧《あいまい》なものだというのはわかる気がする。

で、幼い俺は「おいらはアメリカ人の子!」と近所のおばさんに宣言してたってところだ。

背中の子供がアメリカ人と答えるのが可笑《おか》しいらしく、何度も「たけちゃんは誰の子?」とお袋の背中にいる俺に訊いてくる。子供心にアメリカという国の凄《すご》さがわかっていたのか、チョコレート、ガム、キャンディーとかアメリカに関する物は知っていたらしい。

俺は末っ子でいい歳で産んだ子供だったので、お袋は何時《いつ》も俺をおんぶして働いていた。

兵児帯《へこおび》で股間を支え首元でバッテンに縛り、おむつを替えるとき以外は俺を背負ったきりでとにかく働いていた。平日は宅地ブームの影響でヨイトマケの仕事、西新井《にしあらい》大師《だいし》さんの縁日では草団子を握り、夜は家族のご飯を作った後、近所の岩谷製作所の内職——ゼンマイで動くライオンの厚紙に人工の毛皮をノリで貼り付けたり、ブリキのおもちゃを作ったり、造花のカーネーションを巻いたり——親爺《おやじ》が酒を飲んで帰って来るまで働いていた。親爺が帰って来ても、プンとして、なにもしなかったが。

今その当時のブリキのおもちゃを持っていたら、相当高い値《ね》が付くだろう。特に裏側がコーンビーフやハムの缶詰だとわかる印刷が残っていればなおさらだ。しかし残っているのは、おんぶばかりされて股関節を脱臼《だっきゅう》した俺のガニ股と、可哀想なお袋の背中だけだ。彼女の思い出だけは意味のない記憶なんかじゃない。

＊

昔、うちは入口に「ちび」という雑種の犬を飼っていた。犬を何匹か拾ってきたが、ぜんぶ可哀想なことになったのは覚えていて、今もそれは心に引っかかっている。だいぶいろんなことを経験して、他に心へ食い込んじゃうものもあるはずなのに、犬のことを悪かったと思うなんて、俺はいったい何だろうとか考えてしまうのだけれど。

親爺は帰るといつもちびを蹴る。だからちびがキャンと鳴くと、親爺の帰りだとわかる。すると母ちゃんが「ほら、彼奴《あいつ》が帰って来た、早く寝ちゃいな!」と言って隣の部屋に俺達を追い立てる。

うちは台所の他には四畳半と六畳の間しかなかった。一番上の兄貴は何時《いつ》も遅かったが、一つの布団に兄姉と四人で寝ることになる。冬になると「たけし、早く寝ろ、早く寝ろ」と先に俺を寝かせたがる。暫《しばら》くするといろいろな方から冷たい足が入ってくる。俺は湯たんぽ代わりだった。

そして毎日の夫婦喧嘩が始まる。子供達は寝たふりをして聞いていた。

お袋が親爺の不甲斐《ふがい》なさをなじり、親爺が子供やお袋の文句、また暫くして親爺がお袋を殴る音、そしてお袋の泣き声が聞え、涙を隠しながらお袋が俺達の部屋に入ってくる。台所では親爺が酒を飲んでいる。親爺が隣の部屋で寝込んだ頃、疲れた長男が帰ってくる――こんな記憶はあるが、しっかり覚えているのは小学校に入学してからで、俺は幼稚園とか、ましてや保育園など行ったことがない。だから入学前の数年の記憶はほとんどない。

記憶がハッキリするのは小学校二年の頃からで、当時、うちには竹本八重子《たけもとやえこ》という娘義太夫《むすめぎだゆう》の婆さんがいて、この婆さんに俺はよく可愛がって貰った。しかし親爺の酒癖の悪さとお袋の教育熱心には辟易《へきえき》していた。

梅島《うめじま》第一小学校の一年生のときの担任は確か大分年配の黒田《くろだ》先生で、すぐ定年で学校を辞めてしまった。その後、二年生のときに現れたのが藤崎《ふじさき》敬先生で、後で聞いたのだが先生は大学二年のときに急に大学を中退、短大卒で東京に赴任《ふにん》して来たらしい。

鳥取出身の先生は東京に憧れていたらしく、ビルや車、綺麗な女の人やモダンな店を期待して東京の小学校に赴任したのだが、東京でも足立区、それも五分も歩けば埼玉県という何処《どこ》にも東京らしい景色のない、ただの貧乏人と百姓が細々と生きている町に来て、さぞがっかりしたことだろう。しかし今と違って小学校の先生といえば「先生様」で、みんなの尊敬を集める商売だということは足立区島根町の住民でもわかっていて、独身の先生が地元に来てくれたというので、特に教育熱心な俺の母のさきなどはアパートの一人暮らしは大変だろうと気を利かせ、学校の帰りにうちでご飯を食べさせ、先生はその頃あまり普及していなかったTVを観て、洗濯物を交換して帰って行くというのが日常となった。

それが元で父ちゃんと母ちゃんの喧嘩が始まる。

考えてみれば、家に帰ったら部屋の中央で他人の若い男が寝ながらTVを観ているわけで、しかし父ちゃんは気が小さくて何も言えず、本人が帰った後、母ちゃんに文句を言い出す。俺のいない間に男を引っ張り込んだとか、間男《まおとこ》だとか、酔っているから始末におえない。しかし母ちゃんは子供の為だと思い、必死に戦う。そして「何だコノやろう!」とか「こんちきしょう!」なんて怒鳴り合いは、何時も長男の帰宅で幕を閉じる。

長男の重一《しげかず》は家族のため夜間大学に入り、昼はGHQの通訳や高校の先生など何でもやっていて、さすがの親爺も兄貴の前では何もできない。

一度父ちゃんが酒に酔って母ちゃんを殴っているとき、兄貴が早く帰って来てしまい、それを見て激怒、「お前なんか親でも何でもない! 殺してやる」と鉞《まさかり》で父ちゃんに殴りかかった。体の俊敏な父ちゃんはもの凄い勢いで警察に逃げ込み、うちの周りはパトカーだらけになったことがあった。最近まで残っていた島根町の家の柱には、まだ鉞の跡が付いていた。俺が「柱の傷は一昨年の……」と童謡の「背くらべ」を歌うとすぐ殴られた。

*

この間わかったことだが、母ちゃんは師範学校を出て男爵家の女中頭《がしら》をやっていて、そこの子供の教育係だったとよく言っていたが、本当は千葉の小作人の子で教育は受けたことがなく、十四歳で奉公に出されたそうだ。

母ちゃんがあの馬鹿と言っている父ちゃんは四国の勝瑞《しょうずい》城の戦国大名、細川氏の末《まつ》裔《えい》で、長宗我部《ちょうそかべ》元親《もとちか》に破れたらしく、母ちゃんの話と全く逆である。

婆さんは四国の粉問屋《こなどんや》の娘で、子供の頃から浄瑠璃《じょうるり》の稽古をしていて、店が倒産したとき東京に出て来た。竹本八重子という娘義太夫として人気があったらしい。その婆さんが母ちゃんの奉公先に出入りしていて、母ちゃんを自分の子供だか親戚だか定かでないのだが、菊次郎《きくじろう》（父ちゃん）と一緒にしたらしい。

もともと父ちゃんは漆《うるし》職人で、母ちゃんの話によればとんでもない遊び人だった。関東大震災のとき、千葉からそば粉を売りに来ていた行商人と組んで、入谷《いりや》の寺に逃げ込んで来た被災者を相手に炊《た》き出《だ》しを売り——寺の墓場の茶碗やハシを使ったそうだ——その金で「正木屋」という帽子とネクタイの店を出した。それが受けて沢山儲けたが、その金を持ち出し博打《ばくち》で全部すってしまい、夜逃げ同然で足立区に逃げて来たらしい。

その後、父ちゃんはあまり漆の仕事がないので遊戯用の弓やヘラ鮒《ぶな》のウキを作ったりしていたが、戦後の宅地ブームの中、ペンキ職人になった。こんなだから父ちゃんは死んでも、ふいに家族の話題に上ったりすると「なかったこと」にされてしまうんだ。他人からすれば、そんな家族が面白いと笑うのだが、笑われるこっちはただみっともないだけなのだが。

俺が学校から帰ってくる途中、ペンキを塗っている父ちゃんやヨイトマケをやっている母ちゃんによく会った。そして家に近付くと、呻《うめ》き声が聞えてくる。それは婆さんが弟子に稽古を付けている声なのだが、義太夫というあまり子供にはなじみのないものであるから――弟子の声は古今亭志ん生《ここんていしんしょう》の落語「寝床」に出てくる旦那のようにもの凄くよかった――友達には「地獄の呻き声」と言われていた。

＊

町の記憶ってのもいい加減なもので、住んでる時はさんざん嫌なくせして、出て行ったあとに振り返ったらいいもんだと懐かしがる。俺はそれをネタにして、最初は町は俺を嫌ったが、今じゃ喜んで笑われる。それが町おこしとか言うんだろうか。

あの頃の足立区、特に俺の家のあたりは柄《がら》が悪く、はじめて来た人はちょっと怖く感じたかも知れない。

昔タクシーは千住《せんじゅ》大橋を渡ってくれなかったとか、駐車してある車を抱きしめて「此処に車が落ちていたから拾った！」と持ち主に二割要求する奴とか、おでんの屋台を引いていると、後ろに付いて勝手に蓋《ふた》を開けて食べながら歩いている奴がいて、おでん屋が怒って「なに喰ってんだ」と言うと、「なにも喰ってねえよ！」「口からたこの足がでてるじゃねえか！」「これはベロだ」「お前のベロはイボイボが付いてんのか」とか、紙芝居を載せた自転車を空き地に置いて拍子木《ひょうしぎ》で子供達を集めていると、いつの間にか自転車がなくなっていて、親爺が「この辺に紙芝居の自転車ありませんでしたか？」と訊いている頃、近くの空き地で「黄金バットは悪い奴を……」と勝手に紙芝居を読みながら箱の中の飴や梅ジャムなどを食べていた奴もいたとか、もう笑い話だ。

当たり前だが、おでん屋や紙芝居屋なんか誰も来なくなった。

やることがなくなると、当時はまだいっぱい残っていた畑や田んぼでよく遊んだ。俺の子供のとき渾名《あだな》はターチだった。あと大工の棟梁の倅《せがれ》のキーちゃん、ケンボー、この三人は何時も一緒だった。俺とキーちゃんがイタズラ盛りで無茶をする。ケンボーはおそるおそるついてきて、嫌々ながらイタズラしては一緒に叱られるという損な役割だった。

畑の隅にある肥だめの上に、ピザみたいに乾いた所がある。ある日、その上を落ちる前に走りきるという馬鹿な遊びを考えた。今の子は肥だめをを知らないだろうが、民家からくみ取った人糞《じんぷん》を貯めて畑の肥料に使うために発酵させておく大きな樽《たる》のようなものだ。その上を走るわけだ。案の定、キーちゃんが落ちてしまい、しょうがないから池で服を洗ってその足で銭湯にいってすぐ湯船に飛び込んで知らんふりをしていたら、爺さんが入って来て「何か今日の風呂汚れてるな」とか言いながら入れ歯を外して湯船で洗っていた。そんなのは日常だった。よく誰も病気にならなかったと思う。

肥だめに飽きると、カエルや蛇、セミ、チョウチョやトンボで遊んだ。

子供の遊びは残酷だ。トンボやチョウチョの片方の羽根を毟《むし》って飛ばしグルグル旋回させたり、カエルの腹を藁《わら》のストローでパンパンに膨らませて地面に叩きつけたり、まあ酷かった。

その代わり怪我もしょっちゅうだった。花火をバラして火薬を集め、傘の柄《え》に詰めてロケットのように飛ばそうとしたが、結局飛んだのは柄を持っていた小指だった。だから昔はヤクザでもないのに、指を詰めてる奴がよくいた。

西新井大師の近くに本木《もとき》町という町があり、そこも凄い所だった。

戦争時の空襲で役所の戸籍や土地の謄本といった資料が消失し、いろいろな人が勝手に住みだした。結果、ゴミ山の町ができ、その辺りには行っちゃいけないと言われていたが、大師様へはそこを通らなければ大回りになるので、探検気分や怖い物見たさでよく行った。噂では拉致問題で話題となった辛光洙《シングァンス》も潜んでいたらしい。

とにかくそこの連中は怖かった。知らない奴が来るとみんなが集まり身ぐるみを剝ぐ。だからその一帯はタクシーもおでん屋も豆腐屋も紙芝居屋も、何にも来なかった。

＊

鳥取から来た藤崎先生は本木町のアパートを借りてしまって、随分酷い目に遭ったらしい。だけど教育熱心なお袋のお陰で藤崎先生も便利だったろうと思う。晩ご飯もTVもあったのだから。この先生に二年生から六年生まで俺はお世話になる。

そういえば次男の大《まさる》は何故か音を聞き分けられる特技があって、先生が夕方家に自転車で来ると、「母ちゃん、先生来たよ！」とすぐに母に伝えていた。他にも、大工の榎本さんの自転車の音や裏の佐々木さんの自転車の音も聞き分けることができた。ちなみにうちは農家の榎本さんが（この辺は榎本が多い）農地に長屋を建て、安い家賃で貸してくれていた。長屋の住民はみんな貧乏で鍵などかけたことがないし、よそんちに勝手に上がって、おむすびを食っている奴もいたものだ。

藤崎先生にはよく殴られて立たされた。一度学校の裏に三人で立たされていたが、先生がそれを忘れてしまい、アパートで寝ているとき思い出して迎えに来たことがあった。うちでご飯を食べ、TVまで観て帰ったのに、親も帰ってこない俺のことを何も訊かなかったのだろうか。当時は先生が生徒を殴っても、親が「もっと殴ってやって下さい」なんて頼んだ時代だった。

＊

思い出って書くとなんでもキレイなものになっちまう気がする。記憶というのはもっともらしい感じがして便利だが、他に言葉はないものか。脳にインプットされた何かのはずで、「昔の残像」とか？　俺の語彙《ごい》力の問題じゃなく、適当な言葉がないとすれば、思い出やら記憶はけっこう、人間の本質を、突っつかれては困るようなホントの何かを抱えてるんじゃないのだろうか。

ま、御託《ごたく》はいいとして、あの頃、俺の周りは中卒が当たり前で高校に行く奴なんていないし、まして大学に行かせている家など頭がおかしいんじゃないかとすら思われてた時代だったので、長男が大学に行っていることはあの父ちゃんでも自慢だった。

俺はよく父ちゃんを迎えに行かされた。

手間賃が出たときは「信濃屋《しなの》」という店に職人仲間と入り浸り、挙句《あげく》にみんなに奢《おご》ってしまうから、母ちゃんが心配して俺が迎えに行かされる。

案の定、親爺はカウンターで「いいってことよ！」と言いながら飲んでいた。

俺が行くと、酔っぱらいの目で機嫌よく話しかけてくる。

「おお、たけし、何だ！」

「母ちゃんが早く帰って来いって！」

「何だ、あのやろう。兄ちゃんはどうした？」

「まだ帰ってない」

「何処から帰ってないんだ？」

父ちゃんは長男が大学から帰ってこないってことを俺に言わせたいのだ。

「おい、たけし、兄ちゃんはどっから帰ってないんだ？」

しょうがないから「大学！」と言う。

「何！　あの野郎、大学から帰ってこないのか？　しょうがねえ奴だ。で、大学で何してんだ！」

それを聞いた職人仲間は「え！　菊ちゃんの倅、大学行ってんの？」となる。

「ああ、変なことしやがって」と父ちゃんが自慢げに言うと、みんなが「そりゃあすげえ！」と驚く顔を見て嬉しがるような親爺だった。

*

俺の家の地区は足立十中に行くのが普通だったが、母ちゃんが進学校の四中に俺を越境入学させた。一組六十人で十六クラス、一学年およそ千人、昼間の生徒三千人、夜間二千人で合計生徒数五千人の団塊世代を代表する中学だった。

春、秋に進学校らしくテストがあり、全員の成績が一番から九百六十番まで廊下に貼り出される。毎回上位三人は同じ生徒で争っていたが、最下位と下から二番目も同じだった。

あるとき、最下位の奴が親の仕事で転校することになったのだが、今度は自分が最下位になってしまうと下から二番目の奴もそこに引っ越したというバカ話があった。

四中の番長ってのもまた凄かった。

中学生で墨《すみ》を入れていて、毎朝校門の前に愛人を連れて立って、登校してくる生徒から十円ずつ徴収して帰っていく。後で考えると何で女房がいないのに愛人がいるんだと笑った。しかし此奴《こいつ》は運動神経の塊で、真面目にプロの選手を目指していたら――まあ、当時は野球ぐらいしかなかったが――大物になっていただろう。しかし中学を卒業してすぐにヤクザにスカウトされ、二年後にはヒットマンにされて相手の組に殺された。

当時、頭のいい連中は優秀な高校から東大、京大に進学していて、俺の同級生でも今では有名な教授となった奴も多い。しかし馬鹿グループは相変わらずで、おもちゃの拳銃で先生の頭を撃って、それも空気銃だから威力が全くなく、わずか三メートルの距離をゆっくり放物線を描いて先生の頭に当たり停学になった奴がいた。

もう一人、有名な馬鹿生徒がいた。そいつには俺が大学生の頃、池袋の地下街で会ったことがある。

奴は高橋君といって頭が異常にデカく、あだ名がシャモジ君だった。横から見るとシャモジの様に頭が細く、前から見ると団扇《うちわ》のように顔がデカい。映画館に行くと大抵一番前に座るものだから、後ろの奴に「おい、シャモジ、観えねえぞ！」と怒鳴られていた。

あるとき、「おー、北野君！」と池袋の地下街で声を掛けられた。驚いて相手をよく見るとシャモジ君だった。学生服にグレーのズボン、ブックバンドを持って如何《いか》にも大学生風だ。

「高橋君、何処行くの？」と訊くと「いま俺、大学行ってんだ」と言う。

「大学行ってんの？　何て大学？」

「城南大学」

加山雄三《かやまゆうぞう》の映画に出てくるような大学だと思ったが「で、何処にあんの？」と訊くと「志木の方って聞いたんだけど、東武線か西武線かわかんないんだ！　北野君、教えてくれないかな？」と訊ねてきた。他の奴に訊けよと思ったが、「反対側の西武線だよ」と教えたら、「有難う！」と違う方向に歩いて行った。

俺はその日、アルバイトの面接で池袋のデパートに行ったのだが、面接が終わり喫茶店でコーヒーを飲んだあと地下街を歩いていると、早足で動き回ってるシャモジ君がいた。俺は見つからないようにホームに向かった。いま彼は、どうしてるだろう。

＊

話が中学時代から急に飛んだ。まあ、記憶なんてこんなものだろう。

話を戻すと、当時は勉強ばかりさせようとする母ちゃんと、とにかく遊びたい俺との戦いの日々だった。

俺は野球が好きだったので中学の野球部に入部したかったが母ちゃんに止められ、近所のオジサンが作った少年野球チームに内緒で入っていた。グローブを家の前の銀杏《いちょう》の木の下に穴を掘って隠し、練習のときは掘り起こして持って行った。

ある日、また内緒で野球に行こうと穴を掘ると、「自由自在」と書いてある算数と国語の参考書が入っていた。その頃、母ちゃんに書道教室にも行かされていたが、何時も野球をやってさぼっていた。ある時、教室で書いた半紙を見せろと言われたので、試合中に書いて誤魔化《ごまか》そうとしたが先生の直した所がないと怒られ、朱色の墨を買ってきて朱色で字を直したのだが、直した字の方が下手だと言われ、また怒られた。

父ちゃんは相変わらずで子供の教育など考えておらず、ペンキの色合いを見るのに自分の家の門を塗って、気に入らないとその上から重ねて塗るので、家の門はペンキだらけでタイの寺院みたいになっていた。冬は焚き火が好きで、毎朝ドラム缶に現場から拾ってきた木材を入れて燃やしていたのだが、ある朝、ドラム缶の横で倒れている父ちゃんを近所の人が発見して一命を取りとめた。当時流行《はや》っていた新建材は燃やすと有毒ガスが発生して大変危険なのだが、それにやられたらしい。

それにしても父ちゃんは面白かった。家族にとっては疫病神《やくびょうがみ》だったが、俺にとってはありがたいネタもとである。

朝、母ちゃんと喧嘩をして、腹を立てた父ちゃんはコールタールがいっぱい入った缶を積んだまま自転車で出かけた。路地から大通りに出る手前で車がバーッと飛び出して来て、急ブレーキをかけたら、慣性の法則のまま、父ちゃんの頭の上にコールタールがドバッとかかってしまった。みんなが思わず笑ってしまうと振り返った真っ黒なコールタール顔の中に白い目が光っていた。ザ・コーデッツの「ミスター・サンドマン」ってアメリカの懐メロ、「Mr. Sandman, bring me a dream」って歌だっけ、そんな曲があるけれど、父ちゃんは「タールマン」だ。運んできたのは夢じゃない。俺にとっては、父ちゃんはネタに使えるまで、周りに笑われちゃかなわない、ひたすらみっともない存在だったのかもしれない。

職人仲間の日帰り熱海旅行会のときのことだ。東京駅に十時集合で十時半の電車なのに、父ちゃんは朝六時にはホームに着いていて、一升瓶を抱えてホームの端で待っていた。しかしそのまま酔いつぶれて寝てしまい、結局、みんなが熱海から帰って来た頃起きてホームで待っていたらしい。

さらに大のプロレスファンで、いつもTVを観て興奮していた。

あまりに好きなので兄貴が足立区体育館のプロレス興行の切符を買ってやったら、やはり十八時開場なのに昼には行って酒を飲みながら選手を待っていると、選手が全員、同じバスでやって来たと不思議がっていた。父ちゃんが言うにはジャイアント馬場とデストロイヤーが仲良くキャッチボールをしてたそうだ。「何で裸で戦った後、掃除機で掃除するほど汚れるんだ、たぶん肉がはげ落ちるんだな」とひとりで納得していた。

父ちゃんに限らず当時は誰もがプロレスに夢中だった。

顔を見せない国籍不明の謎のレスラー（一体どうやって日本に入国したんだ）、元ナチスの親衛隊長（歳が合わない）、ザ・マミー（エジプトの王家の谷で発見されたミイラ。ハワード・カーターや吉村作治《よしむらさくじ》が黙ってない）、四十二ヵ所を骨折した骨折王（弱いだけだろう）——突っ込みどころだらけだが、やはり夢があって面白かった。

父ちゃんは相撲も好きで、夢中になってよく卓袱台《ちゃぶだい》をうっちゃっていた。

人がいいのと気が小さいのとで嫌とは言えず、商店のシャッターを塗って料金を貰っても、それ以上に買い物をするから家が靴や傘だらけになったり、東京タワーの錆《さび》止めの仕事で、錆止めのペンキをジャブジャブかけるように塗ってタワーの上に飾ってある犠牲者のプレートまで塗りつぶしてしまい、首になったこともあった。

一番凄かったのは兄貴のお見合いのときのことだ。

相手は茨城の大きな洗濯屋の娘で、相手の父親が挨拶に来たのだが、父ちゃんは人見知りだから相手が何を言っても黙って頷いているだけだった。

酒の席となり酔っぱらった相手の親爺が「ペンキ屋さんでも、こんな偉い息子ができるなんて凄いことです」と言った。するとそれまでヘコヘコしていた父ちゃんが急に怒り出した。

「何だコノ田舎者！　何が洗濯屋だ、こんなブス連れて来やがって。ペンキ屋で悪かったなコノやろう！　コノ女連れてさっさと帰れ！」

こうなったらお互いもう止まらない。

「何！　ペンキ屋にペンキ屋って言って何が悪いこの貧乏人、誰がこんな奴の倅に娘をやるか！」と返すが、「何だコノやろう、偉そうに」と父ちゃんも負けてはいない。顔合わせの席は修羅場となった。

それを止めたのはやはり長男だった。

「父ちゃん、いい加減にしろよ！」

これで終わりだ。父ちゃんは隣の部屋でしゅんとなっていた。

その後、兄貴夫婦の為に一部屋建て増したが、兄貴たちはすぐに仕事の関係で埼玉に移ってしまった。それからは家の主役は次男の大になった。

俺は相変わらず少年野球と母ちゃんと喧嘩の日々。

その頃になると足立区もいろいろな工場や会社が現れるようになった。

俺たち三人組は、名前こそ「○○工業」だが実体は屑鉄屋からよく銅線を盗んで売りに行っていた。

あるとき纏《まと》めた銅線を五十円で売ったら、そこの社長がすぐ横の倉庫に投げ入れたので、夜鍵のかけてない倉庫に忍び込んで盗んで、同じ社長に五十円でまた売った。

そんなことを繰り返していたらある日社長が、「やっぱり、お前達か！　銅線が盗まれるんで印を付けておいたんだ！」と、三人はボコボコに殴られた。

＊

当時の子供はお金さえ持っていれば何でも買えると思っていた。

何でもといっても飴やチョコレートくらいなもんで、車や家なんか頭になく、ただ欲しいのは川上哲治《かわかみてつはる》や長嶋茂雄《ながしましげお》の写真だったり、いま考えれば安っぽいグローブやバットだった。

その頃、「紅梅キャラメル」というお菓子が流行《はや》って、箱を開けるとキャラメルと野球カードが入っていた。東京中心で売られていたものだと思うが、ジャイアンツのメンバーが一枚ずつ入っていて、九人のレギュラーを集めるとバットやグローブが当たった。

監督水原茂《みずはらしげる》、サード長嶋、一塁川上、ショート広岡達朗《ひろおかたつろう》、セカンド千葉茂《ちばしげる》……与那《よな》嶺《みね》辺りになると記憶が怪しいが、十人集めないと応募できなかったはずだ。でも、何個買っても川上や長嶋ばかりで監督の水原が入っていない。だから水原のカード一枚で、川上、長嶋のカード五枚と交換できた。

あるとき、あまりに水原が出ないので、キーちゃんとケンボーと三人で夜中、駄菓子屋に忍び込んで、紅梅の入っているケースを三箱くらい盗み出して開けてみたことがある。すると百以上開けてみたが、水原は一枚だけだった。これでは何時になってもチームができない。頭にきた。翌《あく》る日《ひ》、近所の子供にキーちゃんとケンボーがキャラメルを配ってしまい、犯人がすぐバレてしまった。大工の棟梁《とうりよう》だったキーちゃんの親爺が婆さんに謝り、事なきを得た。暫くして「紅梅キャラメル」は「カバヤ紅梅キャラメル」になった。買収されたのかもしれない。

そういえば当時は粘土屋という、小学校の帰り道に必ず生徒相手に商売をする奴がいた。

レンガみたいな型に粘土を押し込んで上に金粉みたいな粉を付ける。すると粘土屋の親爺が見て、何点、何点とスタンプされた点数券をくれる。粘土はその都度、買わされる。

いま思えば変な商売で、茣蓙《ござ》を敷いてそこに二万点と札の付いた大阪城の型や、三万点のエッフェル塔が置いてある。一回に五点くらいしか貰えないのに、二万点なんか貯めようがない。しかししぶとい奴がいて、あと三十点で大阪城が貰えると粘土屋が来るのを毎日待っていたが、それ以来、そいつは顔を出さなくなった。

何週間か後、ワル三人組で北千住に行ったとき、大川町プールの近くで同じ粘土屋が茣蓙を広げていた。大阪城もエッフェル塔もあった。結局、点数が貯まりそうになると来なくなるんだとわかった。あとハリガネを曲げて自転車を作ったり人の横顔を作って売りつける奴もいた。だが、この辺のガキは貧乏で買わねえと思ったのか、二度と来なかった。

駄菓子屋の婆さんの店は畳二畳くらいのスペースが駄菓子ケースの裏にあって、よくもんじゃ焼きをやった。何も入ってないメリケン粉を水で薄めた物を焼く。誰も腹なんか壊さない。たしか五円とか十円だった。味が醤油かソースで、ただ鉄板の上に流して固まったら小さい鉄のヘラで削り取って食べる。今のもんじゃとは似ても似つかぬ代物《しろもの》で、たまに知らない子供と相席になると流したもんじゃが相手のもんじゃとくっついて境目がわからなくなり奪い合いが起きて、ヘラで目の突き合いになったこともある。そのときはキーちゃんのお陰で助かった。

三人でとにかくバカなことばかりした。

家からしばらく行くと畑の真ん中に汚い家があった。入口が襖で、塀も何にもない。親子が住んでいるらしいが、父親の姿は見たことがない。

ある日、その家の母親が小さい子を連れて三人で外出するのを見て、キーちゃんが家の中を覗いてみようと言い出し、ケンボーと三人で忍び込んだ。まるでゴミ屋のようで、家の中央に細い柱が立っているだけのテントみたいだった。

キーちゃんが「この柱、斬ってみようか」と言うので面白そうだからノコギリを取って来てゴリゴリ引いてみたら、半分も斬らないうちに家が倒れた。驚いて三人とも逃げたが、心配なので丘の上からその家の親子が帰ってくるのを見てた。

夕方、親子が現れた。自分たちの家がなくなっているのを見て呆然としていた。俺達はとんでもないことをしてしまったと驚き、黙ってその場で別れた。

その日の夜、キーちゃんを連れて大工の棟梁が訪ねて来た。

「此奴とたけしがあの畑の家壊したって、可哀想に」と言ってキーちゃんを思いっきり殴った。父ちゃんは棟梁に圧倒されて「すいません、すいません！」と土下座して謝っている。すると棟梁は俺達に、「いいか、可哀想な人を虐《いじ》めるな。あの家は俺の所で直してやる、わかったか！」とまたキーちゃんを殴った。

それからというもの、三人とも悪さの相手は蛇やカエルになった。

２B弾という、ただ爆発する火薬が流行っていて、それにアルミの鉛筆キャップを被せて鉄パイプの中に入れる。すると猟銃のように飛んでいく。面白いからトンボの尻尾にくくりつけて飛ばすと、空中でバンと破裂する。

浅草に行ったときのことだ。「金玉堂《きんぎょくどう》」という茶碗や皿、壺などを売っている店の前に大人ひとり入れるくらいの大きな壺が置いてあった。店の看板だったのだが、キーちゃんがそれに目を付け、２B弾を十本くらい纏めて投げ込んだ。路地に隠れて見ていると、ドンという腹に響くような音がした。その後どうなるかと三人で固唾《かたず》を呑んで見ていたが、何も起らず、壺から煙がもうもうと上がっているだけだった。つまらないので帰ろうとしたとき、パカッ、と音がして壺が真っ二つに割れた。

「中から桃太郎が出て来るかと思った」――これは後にキーちゃんが言った言葉だが、そのときは三人とも夢中で逃げた。何処をどう逃げて東武線に乗ったか覚えてない。

＊

喧嘩の遠征にもよく行った。

本木町は一番怖いが、やるだけの面白さがあった。

喧嘩になると、映画のように決闘の日を決めて、その日は別れてお互い作戦を練る。こっちはキーちゃんがノコギリを持っていくだけだが、当時の子供にとってはノコギリを持っているだけで最強だった。キーちゃんがそれを使ったことはなかったが。

あるとき、喧嘩相手が映画に感化されたのか、どう見ても親爺か兄貴のトレンチコートを着て、ギターを背負って決闘の場所に現れた。赤木《あかぎ》圭一郎《けいいちろう》に憧れているのか、そいつは木陰から口笛を吹いて現れ、飛び出しナイフを出そうとして自分の指を切ってしまいワンワン泣き出してしまった。仕方ないので三人で家まで送っていった。

その帰りに西新井大師の池に亀を捕りに行った。以前、浅草に行ったとき、スッポン屋を覗いたら亀を鍋で喰っていたので、「亀は喰えるんだよ！」とキーちゃんが言いだしたのだ。どうにか岩の上で甲羅干《こうら》している亀（緑亀）を捕まえて、キーちゃんの家に持って帰った。しかしどうやって喰えばいいのかわからず、とりあえず亀の甲羅をノコギリで引いてみたり、ノミと金槌で首や足の穴をほじって内臓を取り出し、醤油と砂糖を入れて鍋で煮てみた。

誰が先ず喰うか。ジャンケンで決め、ケンボーが最初に喰うことになった。

俺とキーちゃんが見ている中、ケンボーが肉の付いた骨を齧る。すると、「けっこう美味《うま》い！」と言うので三人は奪い合うように亀を喰った。

その夜、棟梁がキーちゃんとケンボーを連れて現れた。俺はさっきから腹が痛くてしょうがなかったが、母ちゃんに怒られるので我慢していた。

「おたくの倅、何ともないか？」

お袋はまた俺達が悪いことしたのかと思い、「たけしは学校から帰って来てから何処も行ってませんよ！」とシラバックれた。すると棟梁が、「じゃあ、大丈夫か。此奴ら大師さんの緑亀喰って、腹壊したらしい。すぐ医者に見せないと大変だからな」と俺を睨む。

驚いた母ちゃんが「此奴も腹が痛いってさっきから唸ってたんです！」「じゃあ、たけしも亀喰ったんだ。さ、早く先生の所行こう！」と俺達を連れて病院に行った。病院で先生と棟梁に散々怒られ、病気の怖さを教わって痛い注射を打たれ薬をもらって帰って来て、家でまた母ちゃんに殴られ、帰って来た長男にも殴られた。散々な日だ。

俺が泣いていると、次男の大が明日、上野に映画を観に連れて行ってやると慰めてくれた。大は本当に優しい。たまに母ちゃんが依怙贔屓《えこひいき》をして俺のおかずの方がいいときでも、黙って晩ご飯を食べている。日曜日も父ちゃんの仕事を手伝ってから夜遅くまで勉強していた。

翌る日、約束通り大と電車を乗り継ぎ上野の映画館に行った。浅草なら東武線一本なのに、梅島って所は不便だ。

家の近くに島根富士館という映画館があった。そこは切符売り場の下をくぐって只《ただ》で場内に入れたので、何時もは『鞍馬天狗』や『二等兵物語』などの日本映画を観ていたのだが、その日は外国の物で、タイトルが『鉄道員』だった。D51《デゴイチ》みたいな蒸気機関車が爆走する映画だと思って期待して観たが、鉄道員がストライキをしたりする悲しい映画で何にも面白くなかった。しかし大はたいそう感激したようで、喫茶店でコーヒーまで飲ましてくれた。帰り際、上野公園のトイレで悪い奴等に大が金を取られ、二人で泣きながら帰った。

千住大橋に着いた頃はもう夜だった。映画も悲しいし、観た後の俺たちも悲しかった。でも思い出すのは喫茶店で飲んだアイスコーヒーの味だ。こんな美味い物があるのかと、またアメリカの凄さを思い知った。

それからもコーラの味やアーモンドチョコレート、そしてポテトチップスに俺はショックを受けた。はじめてアーモンドチョコレートを食べたときなど、店のオバさんに「このチョコレート、種入ってるよ！」と言って笑われたものだ。それ以来、当時の俺の最高の贅沢は、コーラとポテトチップスを持ってTVを観ることになった。

当時の外国のドラマはどれも面白かった。小松政夫《こまつまさお》がよく物真似をしていた黒縁眼鏡の映画評論家・淀川長治《よどがわながはる》をはじめて見たのは『ララミー牧場』だった。「はい、又お会いしましたね〜」というフレーズでいつの間にか人気者になっていた。他にもクリント・イーストウッドの『ローハイド』、『コンバット!』『ボナンザ』『アイ・ラブ・ルーシー』と何でも面白かった。

ブラック・ジャックのような医者の話で『ベン・ケーシー』という人気ドラマシリーズもあった。ケーシー高峰《たかみね》という芸名はそのドラマの主人公からとったものだ。歩くときに前のめりに歩く高校の英語の先生がいて、俺がそいつを「前傾氏」と渾名を付けて裏で笑っていた頃の話だ。

＊

俺の安子《やすこ》姉ちゃんは頭がよかった。中学は足立十中で四中みたいな進学校ではなかったが、十中から上野高校に合格した、当時数少ない頭のいい生徒だった。しかし母ちゃんが「女に学歴はいらない」と大学には行かせずに就職することになった。自分は師範学校出とえばっていたのに。姉ちゃんは悔しかったろう。俺の学費や家族のため、姉ちゃんに犠牲になってもらったんだと思う。そして母ちゃんは俺の小学校の担任だった藤崎先生と姉ちゃんを結婚させたかったのかもしれない。

しかし当の先生は隣の三組の女の先生が好きだった。だが振られてしまい、クラス対抗の水泳や徒競走になるとライバル心剝き出しで、負けでもしたら大変だった。

小学校五年生の秋の運動会で、俺ら二組は三組に負けてしまう。目の前で三組の生徒と女の先生が抱き合って喜んでいるのを見た藤崎先生は、その場で「みんな集まれ、この馬鹿野郎！　明日から毎日、お前ら練習だ！」と宣言した。

それからが大変だった。他のクラスの連中が勉強している間、俺たちは春の運動会を目指して校庭をぐるぐる走っていた。たまに休んでいると教室の窓が開き、「こら！　お前ら休んでんじゃない」と怒鳴られる。水泳大会で負けたときは、授業中に毎日机の上でクロールや平泳ぎの練習をやらされた。

当時の藤崎先生にとっては、安子姉ちゃんと一緒になることよりも振られたうっぷんを晴らすことの方が先だったのだろう。母ちゃんが幾ら勧めても姉ちゃんとの結婚は駄目だったそうだ。

そして六年の春の運動会で、俺たちはついに三組に勝った。先生はまるでワールドカップの優勝監督の様に飛び上がって喜んでいた。夏の水泳大会で勝ったときなど、藤崎先生は喜んで服のままプールに飛び込み、脚がベルトに絡み溺れかけた。

＊

悪仲間三人組は俺の進学でついに解散することになる。キーちゃんは大工に、ケンボーは百姓に。一番楽しかった小・中時代は終わってしまった。

高校は馬鹿でもないが利口《りこう》でもない都立の足立高校に進学した。

高校に入学しても俺は相変わらず勉強が嫌いで遊んでばかりで、親の言うことなどまるで聞かなかった。少年野球も続けながら高校でも野球部に入部したが、硬式ではなく軟式で、みんな下手だった。

一番情けなかったのは、東大や京大など国立大学進学校で有名な開成高校との試合でボロ負けしたときの相手のヤジだ。

「頭が悪いのに、野球も下手か！」

これは堪《こた》えた。確かに頭がいい奴が行く高校じゃないが、野球まで下手といわれたのは本当に悔しかった。

中学のときは「ペンキ屋！　ペンキ屋！」と馬鹿にされながらも近所の悪友と遊んでいた。

高校になればいい友達ができると思ったが、やはり職人の倅はなかなかサラリーマンの子供達とは合わず、俺は野球部の連中としか付き合わなかった。そのうち学校に行くのが嫌になって、親に内緒で足立区立梅田図書館に行って好きな本を読んで夕方家に帰るようになった。だが、学校から家へ連絡が来てばれてしまい、母親と兄貴に怒られた。

「お前は大学へ行けるんだ、姉さんは諦めさせたが、大学行けば遊べるから」と母ちゃんが言うので、もう間に合わないかもしれないが受験勉強をすることにした。

姉ちゃんの犠牲によって俺は大学受験をすることになったが、俺の高校はろくな生徒もいない癖に高校の名を売るため、クラスを進学組と就職組にわけた。俺は当然、就職組のクラスに入れられた。

野球も夏の大会が終わり三年生はクラブ活動もなく、就職組にわけられた俺たちは三時には学校から帰れといわれノケ者扱いだ。どうやら俺たちが帰った後、特別授業と称して受験用の勉強をしているらしい。

腹が立つから夕方、教室の窓に石を投げたり、校庭で裸で小便をしたりして進学組の邪魔をした。結局俺たちの学年からは、東大どころか国立大学の合格者の一人も出なかった。

大体当時、この高校の先生のほとんどは定年直前で、若手の一部の先生が学校を有名にしようと画策《かくさく》しただけで、本質的には何も変わらなかったわけだ。

ある先生は同じ教科書を二十年も使っていてテスト問題も変わらないから、先輩から教科書を買うと本に赤線が引いてあり、そこがテストに出る。こんな奴ばかりだから進歩するわけがない。体育祭はただ走るだけで、合間に生徒たちが安来節《やすぎぶし》を踊るのだが、何十年も同じ踊りで面白くもなんともなく、また名ばかりの文化祭も「グッピーとメダカの違い」とか「イモリとヤモリの見分け方」などのどうでもいい間抜けな研究発表や、普段は見たこともない落語研究会の連中が講堂に客を入れて上演するのだが、着物もまともに着られない奴らが介護される老人が便所に行くような恰好でやる落語は上下《かみしも》どころではなく、何をやってるのかわからない、そんなどうしょうもない高校だった。

その頃、近所に国分君という同じ年の子が引っ越して来て、いつも帰ると彼の家の裏の空き地で野球をして遊んでいた。

垣根にストライクゾーンと同じサイズの茣蓙をつるしピッチャーとバッターにわかれ、空振りや茣蓙に当たったり、ノーバウンドで取ったら交代というルールで日が暮れるまで遊んでいた。国分君も大学受験らしく、何処を受けるか悩んでいた。我々の時代は戦後のベビーブームで行こうと思えば大学などいくらでもあった。ただみんなが知っているような大学へ行きたかっただけなのだ。

この時代、ただゆっくり過ぎて行くわけではなかった。

*

まずビートルズの洗礼を受けた。

その頃、俺たちが知っている外国の歌はみんな、日本語に訳されていた。飯田久彦《いいだひさひこ》は「ルイジアナ・ママ」を、弘田三枝子《ひろたみえこ》はコニー・フランシスをカバーしていた（しかし「人形の家」をカバーしたときの弘田三枝子はずいぶん顔が変わった）。ポール・アンカやジャッキー・デシャノン、ポールとポーラ、ザ・カスケーズなど、いろいろな外国の歌手の唄を日本人が歌っていても変に思わなかった。

俺に比べて兄貴達は二人とも英語が好きだった。長男はペーパーバックの本をいっぱい持っていて、高校生の頃から辞書なしで読んでいた。次男の大は英語好きが嵩《こう》じて大学も文学部に行きたかったのだが、母ちゃんから「これからは工業の時代だ、文学部なんか行ったら赤（共産党）になる」と言われ泣く泣く明治大学の工学部工業化学科に行くことになった。大自身は数学や理科が得意でなく、「文科系だったら国立の大学に行けたのに……」と何時もこぼしていた。上野高校という進学校の手前、明治の工学部というのは友達との差を感じていたのだろうか。だから後に都立大の大学院で博士号を取得して、恰好を付けたのかもしれない。

と、ここまで手帖に書いていると車の窓から「東京オリンピック２０２０」なんて垂れ幕が見えてきた。

そういえば我が家にとって一番の事件は東京オリンピックだった。

新幹線や首都高速道路、そして環状七号線の開通へと日本中が騒がしかった時代だったが、足立区島根町でも環七道路が俺の家や国分君の家、近くの農家の畑の上を通るらしいという噂を父ちゃんが聞いてきて、家は大騒ぎになった。

「前の農家は何億も国から貰うらしい。この近所の家もみんな、何千万も貰える。ということは俺んちも何千万くれるかわかんねえ！」

そう言って父ちゃんはさっそく酒を飲み始めた。

こうなるともう働かない。「どうせ金が貰えるから、おい借りてこい！」と酒ばっかり飲んでいる。しかし環七が通るので金が入る。私立の大学でもお金が入るからいいか、と家族全員思っていた。しかし東京都から連絡が来たのは国分君の周りの家と前の農家だけで、環七は俺の家の二、三メートル前を通ることに決まったらしい。結局工事が始まり残ったのは父ちゃんの借金と埃、ダンプカーのエンジン音と掘削《くっさく》機械の騒音だけだった。母ちゃんの怒ること怒ること。何年たってもそのことで親父を詰《なじ》っていた。

近所の人も結構引っ越していった。お金を貰った人はいいが残された俺の家みたいな所は夜中じゅう車が走り回りうるさいし、変なホテルやレストランやガソリン・スタンドが建って遊べる所がなくなり、キャッチボールもできなくなった。

さらに俺の高校も都立なので、東京オリンピックには強制的に参加しなければならない。

いよいよオリンピックが近付き、まず聖火ランナーの応援に駆り出された。聖火ランナーに選ばれた陸上部のキャプテンが、緊張気味に聖火を掲げて走ってくる。何も面白くない。近所の奴らと「遅いぞ！　火、消えてるぞ！　それ持って逃げろ！」とやじっていたら、警備の町会の親爺に睨まれた。聞くと、聖火はギリシャで太陽の光の力で点火して日本まで持って来たらしい。何処の火でも同じだろうと思うが、大事に飛行機で運んできて、聖火リレーをしながら国立競技場に運ぶそうだ。どうしてそんな大袈裟《おおげさ》で無駄なことしてんだろう。そもそも三波春夫《みなみはるお》の「東京五輪音頭」ってのはなんなんだ。

♪は〜あ、あ〜あの日ローマでぇ眺めた〜月が（ソレ、トトントネ）、今日は都の空照らす（ア、チョイトネ）、四年たったら又会いましょと！

なんで盆踊りになっちゃうんだ！　太陽の火を聖火台で燃やしているくせに。訳の解らない歌詞だったが、笑ってたのは俺だけか？

オリンピック開催中は学校は休みのはずだが、都立高校の生徒は大抵人気のないスポーツの観戦に動員させられた。それも予選ばかり。後楽園アイスパレスでボクシングの桜井孝雄《さくらいたかお》、代々木では三宅義信《みやけよしのぶ》の重量挙げ、ちゃんと覚えているのが笑っちゃうな、そういえばジャボチンスキーって重量挙げの選手もいたっけ。

一番つまらなかったのは陸上ホッケーのインド対パキスタンの試合で、同じような髭とターバンを巻いた奴らが人間の大腿骨みたいな棒で玉を叩き合っている。会場にはインド人とパキスタン人しかいなくて、あとは俺ら都立高校の生徒で空席を埋めていた。

みんなやることがなく煙草を吸ったりダラダラしていたら、英語の前傾氏に「この試合を世界の人が見てるんだ！」とみんな殴られた。見てる訳ねえじゃねえか！　と思ったが、とりあえず謝って後は日向《ひなた》ぼっこ、明日は競歩の応援に行かなければならない。あれこそ何だろう、マラソンはゴールしてから歩き出すのに、競歩は始めから歩いてるじゃねえか。それにしてもアベベは凄かった、ゴールしてすぐにストレッチをしていた。「エチオピアでは裸足で走っていると足から血が出てくる、その臭いをハイエナが嗅ぎつけるから早く走らないと食われちゃうんだよ」と近所のバカが言っていた。

しかし市川崑《いちかわこん》の映画は問題になった。百メートル決勝のボブ・ヘイズの上半身だけの映像を延々と映していて、いい度胸してると思う。柔道のヘーシンクも強かった。猪熊《いのくま》が泣いていたのが印象的だった。

＊

そうだ、大学受験の話だ。

あっという間にオリンピックも終わり、いよいよ俺も本格的に受験勉強をしなければと、休みの日を三分割することにした。

朝八時から十二時、昼二時から六時、夜八時から十二時という時間に三科目、数学、理科、英語。夏休みも同じように勉強して、受験に備えた。

明治大学工学部の試験は三科目で合計３５０点満点。数学が１５０点、理科１００点、英語１００点。去年の入試テストの最低合格点は１５０点だったと聞いていたので、数学がわりかし得意な俺は集中して数学ばかり勉強していた。ただ、他の科目は最低でも20点以上取らないとだめらしい。夏休み、みんな海や山に遊びに行ってるのに俺だけ暑い部屋で勉強か？と思ったら、夜、急に小学校のプールに行きたくなった。小学校のプールは夏の夜、ヤクザがよく勝手に女連れで遊びに来ていた。変な時代だ。

誰も文句を言わないし、警察や教育委員、PTAも何にも言わなかった——じゃなくて言えなかったんだ。

昔はいつも荒川放水路で泳いでいた。立て看板に描かれた河童《かっぱ》や骸骨《がいこつ》の絵の下に「此処で泳ぐと、死ぬよ!」と書いてあったけど、俺たち三人組はその看板につかまって休んでいた。警察が来て三人とも親が呼ばれ怒られた。

少しすると足立区体育館の横にプールができた。一時間十円だったと思うが、満員で動けない。監視員がメガホンで「泳がないでください!」と怒鳴ってた。なんだそれは。そのうち入場制限するようになり、背泳ぎ、クロールが禁止になった。間抜けなプールだったし、みんな貧乏だった。後で知ったことだが、荒川の手前、千住新橋の所にキャンディーズのスーちゃんの家があって、釣りの餌を売っていたそうだ。

海に行ったのは夏休みに江の島へ、父ちゃんと職人達の旅行が最初だった。

父ちゃん達は泳ぐより酒ばかり飲んで寝てるだけだったが、こっちは嬉しくて一日中遊んでいた。帰りには父ちゃんも俺も疲れてふらふらだったが、湘南電車は満員で、身動きが取れない。そのとき、軍服を着たアメリカ兵が俺を自分の席に座らせ、チョコレートまでくれた。するとあれほどアメリカ人嫌いを公言していた父ちゃんが急に土下座をして「有難うございます、はいすいません、サンキューです」と言ったのには驚いた。

家に帰ったらもうそのアメリカ人の話で大変だった。

「そのアメリカ兵が此奴に席を譲ってチョコレートまでくれたんだ、アメリカに勝てるわけねえ、此奴を座らせたんだぞ、ガムや飴くれて、俺がいいって言ったのに金までくれて……」

話がジャンジャン変わっていく。ついに「此奴が可愛いから貰ってアメリカに連れて行くと頼まれた！」と、ついには養子縁組の話になり、最後にはいつの間にかそのアメリカ兵がマッカーサーだと言い出した。さすがの兄貴もあきれ返って父ちゃんにマッカーサーが湘南電車に乗ってる訳ないと言い聞かせていた。

それ以来、父ちゃんは「アメリカ人好き」になってしまい、プロレスを観ても外国人レスラーの反則にあまり文句を言わなくなった。

夏休みになると鷲《わし》神社のお祭りがあり、小学生や中学生の女の子が浴衣を着て神社に行くのを木の上から見るのが好きだった。大きな木の上に夕方から登って下を通る人を見下ろすのが、なぜか面白かった。そこに小学校の同級生が通った。三つ編みをした頭のわけ目が木の上からハッキリ見えて、何故か初めて感じる性的な、妙な気持になったことを今でも覚えている。

祭りには必ず屋台が出ていて、キーちゃんとケンボーはインチキばかりしてよく怒られていた。金魚すくいでは紙の裏に薄いニスを塗って全部すくってしまったり、風船釣りでは紙の紙縒《こより》を針金を白く塗ったものに替えたり、射的も一人が撃ったとたん後ろから石を投げて落ちるはずのない大きな縫いぐるみを取ろうとしたり――ことごとく失敗していつも的屋《てきや》に追いかけられていた――神社の賽銭《さいせん》箱に兜虫《かぶとむし》に紐を付けて中に入れると賽銭をつかんで出てくるのだが、神主に見つかって逃げたその紐の先に兜虫の頭だけがぶら下がっていたりと、まあ酷いことばかりしていた。

＊

あ、そうだ、大学受験の話だ。

夏のことを思うと受験勉強など忘れてしまい、昔の遊びや思い出が邪魔をする。姉ちゃんの犠牲の上に俺の受験が成り立っているので頑張らないと、と思う。

姉ちゃんや長男のお陰で、家も電気釜や洗濯機などの電化製品が増えた。

洗濯機は洗濯槽の端に絞り機が付いていて、洗ったシャツや下着なんかを二つのゴム製のローラーの間に通して、付いてるハンドルで水分を絞り出す。今の時代では考えられない原始的方法で、これなら発展途上国の叩き洗いと何も変わらない。出て来たシャツのほとんどのボタンは押しつぶされ割れていたものだ。

風呂もその頃、銭湯を嫌がる姉ちゃんや母ちゃんのために家に置いた。ガスとか電気ではなく燃料は外に捨ててあるゴミや木屑《きくず》だった。父ちゃんが最初に入ったのだが、ぬるいと文句を言い「おい、たけし、もっと燃やせ、もっと薪《まき》を入れろ!」とうるさいので、そこらにある燃えそうなものを釜の中に放り込んだ。暫くして父ちゃんの声が聞こえなくなり、風呂を覗くと気絶していた。俺が燃やしてはいけない新建材を燃やしちゃったらしい。そのとき救急車で病院に運ばれて以来、父ちゃんは家の風呂には入らなくなった。

親爺の笑い話といえば、大学の後輩の松尾雄治《まつおゆうじ》の親爺の話も面白い。

松尾は明治大学から新日鉄釜石へ進み活躍したラガーマンだ。松尾の家で飼っている犬がワンワン吠えてうるさいので、「ワン・ストップ」という犬が吠えると首輪に電流が流れる器具を買ってきて犬に装着した。そこに松尾の親爺が帰って来て、「そんなことをするな、犬が可哀想だろう！　まず自分たちで試せ！」と言うと、親爺はパンツ一枚になって犬の首輪を着け、「ワン！」と吠えたそうだ。当たり前だが親爺の首に強い電流が流れ、「ぎゃー！」と声をあげると、その声に器具が反応して電流が流れ、また親爺が悲鳴を上げてまた電流が……これが繰り返され、ついに親爺は救急車で運ばれたそうだ。

うちの父ちゃんと同じような人がいるもんだと笑ったが、松尾本人も面白い奴だった。

明治大学に入学しラクビー部に所属したが、毎日、明治ではなく日大のラクビー部で練習をしていたそうで、日大の部員が「今年から日大は強くなるぞ、松尾が入った！」と言ったのを聞いた松尾が「え！　ここ、明治じゃないの、間違えた」と去って行ったという有名な話もある。練習場が同じ八幡山《はちまんやま》だったからとはいえわかりそうなもんだが、まあ、松尾らしい。

松尾は酔うと話も面白い奴だった。V6した新日鉄釜石の祝賀会でのこと。駅前の広場に市長が立ちメンバーを迎え、「みなさんこの度、Vセックス（6）を交尾性交（神戸製鋼）を相手に達成したナインのみなさんです」と紹介されたそうで、「ナインってラクビーは十五人だ！」とツッコんだ話や、トライアスロンの沖縄大会でスターターを任された長嶋茂雄さんが土砂降りの雨の中、傘をもった腕で耳を塞《ふさ》ぎ、銃口を片方の耳に付けて発砲してしまい、「やられた！」と言って倒れた話や、雨で銃が湿ってプシュッとなってしまったとき、大きな声で「ドン、ドン、ドーンです！」とマイクに怒鳴っていた話などは、子供の頃からの大の長嶋ファンの俺にとって最高に面白かった。

とにかく俺は、長嶋さんが好きな子供だった。

風呂屋の下駄箱の札はいつも長嶋さんの背番号3だったし、いま行ってるフィットネスでもロッカーは3だ。昔は何処の風呂屋に行っても、3か川上の背番号16は他人の下駄が占領していたもんだ。

その頃の風呂屋はロッカーなどなく、丸い脱衣籠《かご》が高く重ねてあるだけで、そこから取った籠の中にパンツやズボンを入れて置くだけだから金目のものなど誰も持ってこない、いや、端《はな》から持ってやしないか。タイル貼りの浴室はあまり掃除をしてないのでつるつる滑るし、小さい子供のウンコがよくお湯に浮かんでいるが、「おじさん、ウンコ浮いてるよ!」と伝えても、「はい、はい」とお湯をかき混ぜて終わりだった。風呂から出ると俺のパンツを穿いてる奴がいたり、小さな池に金魚が泳いでいて、そいつに絞ったタオルで石鹸《せっけん》攻撃を食らわせたりと何時までも遊んでいた。

風呂屋には燃えるものだったら何でも持って行ってしまう薪探しの親爺がいた。壊れた木の塀とか物置まで持っていかれた家もあった。そのくらい当時の家はボロだった。

風呂屋の正面にはラーメン屋や果物屋が並び、帰りにジュースを飲んだりミカンを食いながら帰るのが常だったが、その頃はバナナやイチゴなどは高くてあまり売っていなかった。ジュースといっても粉末の素を水に溶かしただけのものだし、アイス・キャンディーは野球をやっているとチリンチリンと鐘を鳴らして売りに来た。箱の中に新聞紙で包んだ割り箸が刺さったアイスが入っていて、紙を剝がすとキャンディーに新聞記事がダビンチ文字になって映っていた。

そんな時代だったから、腸チブスや赤痢《せきり》が流行《はや》ったし、保健所がＤＤＴを撒《ま》いて家中真っ白、という光景もよく目にした。それを見て友達に「いいなあ、お前の所だけ雪降って！」とからかっていたものだ。

回虫や蟯虫《ぎょうちゅう》も当たり前に身体にいて、学校では検便をやった。当時は洋式便所じゃなく汲取式の、いわゆるポットン便所で、今なら尻に用紙を貼れば済むのだが、昔はウンコそのものを持って行かなくてはならず、最初は確か貝の中に入れてた記憶がある。その後はマッチの箱になったが、とにかくポットン便所でウンコを箱に入れるのが大変で、肛門の真下に落とさなければ手や腕の上にウンコが落ちてしまう。連合軍のベルリン空襲爆撃のように正確に狙いを定めて慎重に落とさなければならない。それを持って学校に行くのだが、俺はいつも忘れて怒られた。先生に明日必ず持ってこいと言われたときも学校に行く途中忘れたことに気が付き、面倒だから道に落ちていた犬のウンコを出したら一週間後に保健所が来て調べられた。

*

ネタなのか昔の映像を追いかけてるのか、ただ笑わせたいのか、これが何なのかは、俺もわからない。放っといてくれ。ただ「あの頃」が出てくる、というのが正解だろう。っていうか今は受験勉強中の俺の話をしようとしてて、今の俺は昔の俺の頭の中を追いかけて書いている……はずだ。

そう、あの頃、映画の影響か、横縞のシャツを着てボートに足をかけている裕次郎《ゆうじろう》の影響だったか忘れたが、ボートの後ろにエンジンが付いた船に乗ってみたくて仕方なかったことがある。

いつもの三人でバイクを盗み（ホンダのカブだと思う）貸しボート屋に行って、荒川の葦に隠れてボートの後ろにバイクを縄で縛り付けた。エンジンをかけて車輪を回せばモーターボートになると思ったのだ。しかしエンジンをかけた途端、バイクがボートから飛び出し、あっという間に川に沈んでいった。ボート屋に下駄や靴を預けているし、もちろんボートの借り賃もない。川下に逃げようとキーちゃんが言うので必死にボートを漕いでいたら、川上から貸しボート屋の親爺と水上警察の船が捜しに来た。あまりに相手が俺たちの無事を喜んでいるので、三人でなぜか泣いていた。ウソ泣きだったのかも。

懲りない俺らは今度はナイフが欲しくなり、ジャック・ナイフなんか買えないから作ることにした。キーちゃんが言うには五寸釘を電車に轢《ひ》かせれば平たくつぶれて、それを磨けばカッコいいナイフになるらしい。東武線の五反野と小菅《こすげ》の間に人が線路に入れる所があり、そこに釘を並べてみようと線路伝いを歩いていたら監視員に見つかりやはり必死で逃げた。

それでナイフは諦め、力道山《りきどうざん》のタイツとミスターXの覆面を作ることにした。

力道山のタイツは父ちゃんの股引にコールタールを塗って作ったが、靴がないので長靴を履いて誤魔化した。しかしミスターXの覆面は材料がないので、紙の袋に目と鼻の穴を開け、周りを赤いペンキで塗ってみたが、被ってみるとちょっと動くと目の穴がズレてしまい何も見えなくなる。じゃあと白い雑巾《ぞうきん》に穴をあけ、首の所を紐で縛ったらケンボーが苦しがり、結局、中華レストランのコックの帽子に目と鼻の穴を開ければマスクになるとキーちゃんが思いつき、北千住の中華レストランまで遠征した。

精華飯店という店を三人で覗いていたら急に入口が開けられ、「いらっしゃい、ここ空いてますよ！」と席に座らせられた。「何にする？」と言われ、三人とも金もないし焦《あせ》って黙っていると「じゃあ適当に旨いもの出すね」と気が付けばテーブルの上に中華料理が並んでいた。早く食べなと言われ、一口食べたらこれが旨くてあっという間に平らげたが、「キーちゃん、お金どうしよう？」と三人で参っていると「父ちゃんに、電話してみる！」キーちゃんが殴られるのを承知で家に電話をしてくれた。近所で電話があるのはキーちゃんの家だけだった。

暫くして、キーちゃんの親爺が若い衆を連れて現れた。

「いらっしゃい、どうぞ、お二人ですか？」

「見りゃわかるだろう、この中華屋、てめえうちのガキ達から無理やり金取ろうとしたろ?」

「いえ、この子達が入って来たんで」

「いくらだ、この野郎、ぼったくったら店つぶすぞ」

「はい、千円で結構です」

「高えじゃねえか、こんなもの二百円でいいよな、ほら!」

「いや、そんな値段じゃ出せませんよ、こんな料理」

「てめえ、相手よく見ろ、ガキじゃねえか! こんなあくどいことしやがって、安《やす》、ぶっ壊せ!」

棟梁と大工の弟子が暴れ出した。中からコックが包丁を持って出て来て叫んでいる。何言ってるのかわかんなかったが、大喧嘩をしてる隙にコックが落とした帽子を拾って三人逃げた。キーちゃんの父ちゃんは恰好いい。

翌る日、コックの帽子をミスターXのマスクにするため穴を開けたりしたが、帽子なのでいくら引っ張っても鼻の所ぐらいまでしか隠れないし、目の穴が上すぎて見えず、ついにミスターXは諦めることになった。

＊

……こんなことばかり思い出されるが、子供の頃は本当によかったなと思う。とはいえ、何時までもそんな感傷にひたってていられない。大学に行かなければ。

そうだ、学校の帰りにケンボーに会った。エレキギターを持っていて、アームをぐいぐい引っ張って練習していた。俺もエレキギターが欲しかったが母ちゃんが買ってくれるはずもなく、兄貴には怒られるので、友達からクラシックギターを借りてワイヤー弦を張り、マイクを付けてエレキにしようとチューニングしたら、ワイヤーの力でギターが真ん中から折れてしまった。父ちゃんに頼んで接着剤とニスで誤魔化してもらう。そこは流石《さすが》職人で、上手く折れた所を隠しニスを塗ってくれ、「ニスが剝げていたから、塗り直してやったとでも言っとけ」と自慢気にギターをよこした。上手くいったと思ったが、弦をチューニングしたら折れてしまったと友達に言われ冷や汗をかいた。

こんな昔の回想にふけっていると母ちゃんの声がする。

「また、ポカンとして此奴は。勉強してんのかい？」

「してるよ」

「もう悪い奴と遊んでないだろうね、みんな馬鹿なんだから」

うるさくて困る。とはいえ、もう時間もないので、受験にどういう問題が出るか山を掛けることにした。

数学は二次関数の一般解で、それを積分するなどして体積を出す問題だと見当付けた。

英語はケネディの大統領就任演説からで、日本語でしか覚えてないが、国が何をしてくれるかではなく、国に何をすることができるかだ云々《うんぬん》と山を掛けた……こんな感じだっただろうか？　記憶が怪しい。そもそも工学部に英語のテストがあったかな？

当時銀座では「みゆき族」という、アメリカの伝統ある大学のファッションらしい服を着て何故か前のめりで歩いている奴らがいて、VANジャケットがバカ売れして、「平凡パンチ」とかいう雑誌が人気で、VANを立ち上げた石津《いしづ》謙介《けんすけ》などが大正以来のモダンな文化の牽引者扱《けんいんしゃ》いだったが、いま考えるとどれも貧乏くさい。奴らは綿のズボンとかボタンダウンのシャツ、スリップオンの靴を履いて、意味もなくみゆき通りをナンパ目当てで行ったり来たりしていた。

俺もその頃すでに女の子に興味があったが、恥ずかしいし服なんか気にするなんてみっともないと思っていた。就職する奴が急に服をＶＡＮで買い、何故かＶＡＮの紙袋を抱えてみゆき通りを行ったり来たりしてるのを見て、ニューギニアのフウチョウの雄鳥が雌を必死になって探しているみたいで可笑しかった。

こういうことをすぐ思ってしまうのは、俺は海洋学者のクストーとかダーウィン、ファーブルなどの自然研究者になりたかったからだ。しかし当時の日本は母ちゃんの言うように工業が発展する時代らしいので、ならば兄貴と同じ工学部にでも行こうと思うようになったが、共産主義が嫌いな母ちゃんにソ連時代のルイセンコ学説など教えてやったら怒るだろうか、解んないだろうか、などとそんなことを考えていた。女の子のことは運よく気にならなかった、精神も身体的にもまだ子供だったのか。

いよいよ大学の受験シーズンとなった。

高校の進学組の奴らは誰でも入れる新しい大学ではなく、誰もが知っている大学を受験する奴がほとんどだった。

しかし日本の大学は、何で大きな地域の名前が付くほど馬鹿臭くなるのだろう。東大は東京だ。京大は京都、だんだん地域を広げていくと面白い。東京の次は関東、日本、亜細亜、国際とだんだん情けなくなる。それに学院がついて、駅伝やラグビー、バスケットボールで学校を有名にしようとして、アフリカやトンガのとても学生とは思えない奴らを入学させている大学が多かった。昔のCMで「歩いて行ける海外留学」なんて宣伝していた間抜けな大学もあったっけ。シャモジの高橋君も大学に行ってたくらいだから、当時、相当増やしたんだろう。

しかし今の政府が大学に多額の援助金を出してるのはおかしい。どんなことをしても学生を確保すれば国から金が出る、だから単に出稼ぎに来てる奴でも交換留学生なとといって学校も企業も儲けている。俺の税金返せ！

……話が子供時代ではなくて現代になってしまった。

受験会場は御茶ノ水の明治大学本校だった。

試験が始まり数学は楽に終わったが、斜後《ななめ》ろの奴が何か覗いている。あまり数学が得意じゃないんだと思い、カンニングさせてやろうとしたが、みゆき族みたいな恰好をしてるのでわざと答えを書き換えて、そいつが見て書いた後、すぐ正しい答えに戻してやった。数学のテストが終わったとき、そいつが鬼のような顔で俺を睨んでいた。しかし理科のテストでは俺が自分の解答に自信がなく、前の奴の答えを覗いたら俺と違うので悩んだが、自信がないのでそいつの答えを写して出した。後で答え合わせを参考書でしたら俺の答えでよかった。腹が立ったが悪いのは自分だし、いい教訓になった。どうせ失敗するのなら自分のせいでしよう……何が教訓だか。今までこの教訓のお陰で何度失敗したことか。

思った通りにはいかなかったが、受験は済んだ。

ただ最低の合格点数が気になる。合格圏内が150点だったら数学が多分満点なので、他の二科目で20点以上取っていればいいのだが、心配だ。

家に帰ると母ちゃんが心配そうに外で待っていた。

「どうした、たけし、できたか？」と訊いて来たので「まあまあだ」と答える。

「どんな問題出たんだ、言ってごらん！」

聞いてもわからないだろうと思ったがうるさいので、「数学は簡単ですぐできたけど、他の二科目が、どうかだよ」と返す。

「大丈夫、今日、鷲神社と西新井大師で拝んできたから」

相変わらず困ったときの神頼みだ。

兄貴が帰って来て詳しく試験の内容を教えたが、そのくらいできていれば大丈夫だと言ってくれた。「お前、早稲田と慶応と日大はどうすんだ？」と訊かれ焦って「もう明治しか考えてないんで受けなかった」と出まかせを言ってごまかした。

実は受験料五千円の三大学分を誤魔化して、俺はＶＡＮの服を買ってしまっていた。一万五千円を靴とシャツに使い、簞笥《たんす》の底に隠していたのだ。我ながらみっともない。父ちゃんをみっともないと笑ったはずが。

「受けないのなら初めから申し込むな！　お金がもったいないじゃないか。みんなが苦労してんのに」

兄貴の怒りはもっともで、そう言われると申し訳なかった。実際、日大の理工学部には木村秀政《きむらひでまさ》という航空工学の有名教授がいたので行きたかったのだ。しかし先輩に聞くと、日大は何かにつけて寄付金を要求するらしい。

結局このことは兄貴が母ちゃんに「なんか、早稲田、慶応は落ちたみたいだよ。日大は寄付金がすごいからやめたほうがいい」と言ってくれた。

「じゃあ、明治は受かってんだろうね？」

母ちゃんが心配気に聞いてくる。すると兄貴が「一つ受かってりゃいいよ」と言って、こんどは俺が心配になってきた。

発表の日まで本当に嫌だったが、ＶＡＮの服を銀座に行って着てみようと思い、みんなが留守の間に箪笥の底から引っ張り出して袋に詰め、みゆき通りを目指した。

しかし北千住から日暮里に出て山手線に乗ったころには会社帰りのラッシュ時間にぶつかり、あまりの混雑でＶＡＮの袋も靴も綿のシャツもなくなっていた。悪いことはできない。心の中で母ちゃんと兄貴たちに謝った。

夜、ぽつんと帰ってくると母ちゃんに家の前で会ってしまった。

「お前、何処行ってたんだ」と訊かれたが、正直に言うのは怖かったので「足立区図書館に本読みに」と嘘を吐いたら、嬉しそうに「母ちゃんは鷲神社に願掛けてあるから、いま拝んできた」と言われ、なんか泣けてきた。この母に嘘ばっかりついて、俺は碌《ろく》なものにならないと思う。

いよいよ結果発表の日だ。

朝起きてご飯を食べ、御茶ノ水までの乗り換え駅を考えていたら、母ちゃんが「たけし、お昼頃に行きな、早く行っても電車が混んでるから」と、何かそわそわしたように俺に言う。そうか、兄貴が先に結果を見に行ってんだ、とわかった。

暫くして兄貴が帰って来た。兄貴の姿を見た瞬間、母ちゃんが外に兄貴を連れ出し、笑顔で家に入って来た。俺は合格したんだとわかったが、「母ちゃん、俺、結果見に行ってくる」と家を出た。すると「落ちててもがっかりしちゃ駄目だよ、来年もあるんだから」と後ろから機嫌のいい声がする。浪人なんかさせられないのに、まして合格したのを知ってるくせにと思ったが、もしかして落ちてたのかと疑ってしまった。

会場に着き、合格発表の看板前に立つ。自分の番号が出ていたのでほっとしたが、俺の解答をカンニングした後ろの奴と俺がカンニングした前の奴は落ちていた。なんか悲しいものだ。

家に帰ると母ちゃんが「たけし、どうだった？」なんてわざとらしく聞いてきた。

「落ちた、俺の番号、なかった」

「大！　番号なかったらしいじゃないの！　何処見て来たんだ、このおっちょこちょい！」

母ちゃんが気が狂ったように兄貴に怒鳴った。慌てて兄貴が俺に訊いてくる。

「あったよ、なあ、たけし、あったろ？」

「あったよ、俺のは、だけど友達のがなかった」

母ちゃんが怖かったので、すぐに正直に答えた。

「友達なんかどうでもいいんだよ、死んだって！　お前のは本当にあったんだね？」

恐ろしいことを言うなと思いながらも「うん」と答えると、母ちゃんはやっとほっとした様子で「今日はカレーにしよう」と台所に向かった。大学の合格祝いにカレーだ、どんな時代だかわかると思う。

入学式は御茶ノ水の本校でやったのだが、工学部はその年から小田急線の生田《いくた》という所に新校舎ができていた。それを知らないから、一、二年は和泉《いずみ》校舎で、三、四年が御茶ノ水だと思っていたら、生田は俺の家から二時間もかかる神奈川県の向ヶ丘遊園の次の駅らしい。聞いただけで嫌になったが、とりあえず休み中に行ってみることにした。

生田にできた工学部と農学部の校舎は丘の上に白い巨塔のように聳《そび》え立《た》ち、まるで精神病院のようだった。駅から校舎の入口まで十五分ほど歩き、階段を五十段くらい上るとやっと校舎の入口に辿り着く。ここに毎日通学できるはずはない、とこの時点で諦めた。

母ちゃんは俺が明治に受かったのは神様のお陰だと信じ、毎朝鷲神社にお参りに行った。

＊

もともと母ちゃんは信仰深く、天理教や創価学会、立正佼成会《こうせい》、何でも入信していた。だから一時、聖教新聞と佼成新聞を同時に取っていたことがある。

子供の頃、よく俺が泡を吹いたり頭が痛くなったり変なことを言い出すのを気にして、母ちゃんは俺を佼成会本部に連れて行った。集会場で会員が輪になってお互いの身の上話――ほとんどがこの会に入ってよかったという話――をするのだが、母ちゃんの番になって、「北野さんは何かありましたか？」と訊かれ、しょうがないから、「うちには、たけしという馬鹿息子がいるんですけど、私が真面目に信仰したら、あの子も真面目になって今はちゃんと学校へ行ってます」と指さした窓の外に見えたのは、俺が知らないガキを殴って池に蹴落とそうとしている瞬間だったそうだ。すぐに母ちゃんは飛んで来て、俺を連れて帰った。それ以来、本部には行ってない。

あと母ちゃんは、俺を精神病院にも連れて行ったり、変な宗教の教祖に会わせたりもしていた。

いま思い出しても笑うのは、俺に悪魔が憑《つ》いてると言ったインチキ宗教の教祖だ。

そいつは俺にニンニクと唐辛子を混ぜた油をかけ、「悪魔よ！　出ていけ〜っ！」と何時間も怒鳴っていたが、最後は疲れ切ったのか、負けたと言って倒れてしまった。

母ちゃんはこの人にも幾らか払ったらしい。

　結局最後は普通の病院に連れて行かれ、家の商売がペンキ屋でシンナーやトルエンの置き場が俺の寝てる所の隣だと医者が知り、どうやらこの子はシンナー中毒にかかっているのではないかと言われ、俺の部屋を変えたらすぐ治ってしまった。

＊

　高校卒業後、大学に通うまでの何週間か時間が空いたので、俺は父ちゃんの仕事を手伝うことにした。ペンキは何回も塗っているから慣れたもんだが、材料の選択や予算管理が結構大変で、大きな失敗をしたことがあった。

　近くの工場の社長が工場の周りの塀が錆びているので塗り直してくれと依頼して来た。俺が塀の長さを測ると、だいたい今あるペンキを全部混ぜて使えばどうにか塗れそうだった。それを伝えると父ちゃんは儲かると思ったのか喜んだ。

「さすが大学生だ、あの塀、家のペンキ全部使えば足りるんだな？」

「大体1・5m×30mだから45㎡だろ、今あるペンキを混ぜれば間に合うよ」

「だけど色はどうする？」

「絵具は光じゃないから、混ぜれば混ぜるほど黒くなる」

「さすがだ、早速混ぜて色見本を社長に見せてこい！」

余ったペンキが役に立ったので、父ちゃんは上機嫌だった。

ペンキを混ぜると思った通り、黒っぽいがちょっと赤が混じった漆のお椀みたいな変な色になった。それをトタン塀に塗って社長に見せた。社長はその色を見て「この色か？　あまりいい色じゃないな」と気にいらない様子なので、「この色は今、アメリカの工場でよく使われてる色で、余り目立たない方がドロボーに目を付けられないんでいいですよ！」と俺が言うと、アメリカで流行ってるという言葉に参ったのか、しぶしぶながら社長は納得した。

父ちゃんに社長がOKしたと言うと、「在庫一掃セールみたいだな。材料費がただで手間賃稼げるけど、本当に色は大丈夫か？」とペンキをかき混ぜながら訊く。

「今、アメリカで流行ってるって言ったら、わかったって」

「何でもアメリカって言えばみんな喜びやがって、だから駄目なんだ、日本人は！」自分のことを棚に上げて、しかも湘南電車でアメリカ兵に土下座してアメリカさんアメリカさんと言ってたくせに、調子のいい親爺だ。

次の日、朝早くから工場の塀をペンキで塗り出した。

社長の言う通りあまりいい色ではないが、これで家にあるペンキがなくなる。しかし夕方になって、残っているペンキの量を考えると少し足りないような気がしてきた。あと五メートルほど残してなくなりそうだ。

父ちゃんは必死でペンキにシンナーを足して伸ばそうとしたが、残り二メートルでペンキが尽きてしまった。そこに社長が現れた。

「もう少しで終わりだね、落ち着いたいい色の塀になった！」と喜んでいる。

父ちゃんが「社長ペンキが足りなくなっちゃって、今日はここまでで」と言うと、「あと二メートルくらいじゃないか、家からペンキを取って来て塗っちゃってくれよ！」と社長も引かない。まずいと思ったが父ちゃんが「あの色はなかなかできないんですよ、いろんな色のペンキ混ぜましたから」と、本当のことを白状してしまった。

「でも、アメリカで流行ってんだから、すぐ手に入るだろ？」

社長の言葉に父ちゃんはどう返していいか困っている。

「今日、問屋《とんや》が休みなので、明日、朝一に買ってきて、すぐ終わらせます！」

俺はそう言って、父ちゃんと家に帰った。

父ちゃんはどうしていいかわからず、家に着くなり酒を飲みだした。へベレケになった頃に帰って来た兄貴の大に俺が事情を話すと、兄貴が色見本を持って自転車で問屋に行ってきてくれた。

「あの色と同じ色のペンキなんか誰も作れないって！」

それを聞いた父ちゃんが、呂律《ろれつ》が回らない状態で「どう〜すんでぇ〜さ〜殺せ〜」とくだを巻いている。しょうがないので兄貴が工場の社長に会いに行き、違う色を決めてきてくれた。

次の日の朝から兄貴と俺と父ちゃんの三人で、工場の塀を今度はブルーに塗った。

そこに社長が現れて、「きれいになったね、これなら目立つな。あれ？　目立っちゃイケないんじゃないのかい、アメリカでは流行ってんの、この色！」とぶつぶつ言っていたが、気のいい社長だったから助かった。

この話は兄弟が揃うと必ず話題になったが、年が経つにつれて塗った塀の色が赤や緑になり、まるで交通信号のようだった。

しかし父ちゃんも、ときにはいい仕事を見せることもある。

神社の神輿《みこし》の修理で剝げた漆を直しているとき、よく自慢げに話していた。

「昔の漆職人は弟子に入ると、まず漆を飲まされた。体中、蕁麻疹《じんましん》が出て治ったときからカブレなくなるんだ。一番いい仕事場は海の船の上だ。埃が付かないからな！」

俺が凄いと思ったのは、白木《しらき》造りの家の内装を手入れする仕事を見たときだ。

家の中は埃や線香の汚れで酷かったが、父ちゃんが苛性ソーダでまず汚れを取り、乾いた後ニスを塗って、磨いて、またニスを塗る、という工程を何度も繰り返し、最後にはピカピカに仕上げてしまった。

こういう仕事ばかりやってもらいたかったが、やはり時代が許さず、いま思うと可哀想だった。父ちゃんは「ペンキ屋」と言われるのが悔しかったのだと思う。

そんなことを思いながらTVでワールドカップを観ているが、何で選手たちは大袈裟に痛がるんだろう？　何処も蹴られてないのに大袈裟に倒れて、ペナルティーキックを取りにかかる。いや、これと同じことを足立区島根町のワルはやっていた。ちょっと肩が触れただけで大袈裟に倒れて金巻き上げたりしていた。これからは足立区ワールドカップと呼ぼう。

＊

話を戻すと、休みの間、俺はずっと父ちゃんの仕事を手伝った。塗装の見積もりを棟梁の所に取りに行ったり、問屋に刷毛《はけ》やペンキを買いに行ったりしたが、父ちゃんは何時も梅田の信濃屋で待っている。行くと「おお、たけし、今日は休みか？」と休みだと知ってるのに訊いてくる。「うん、休みだよ」それを聞くと「何が休みなんだ！」またかと思いながら「明治大学！」「何！　明治大学が休みだって！」ここまで言えば職人仲間が「え！　菊ちゃんの所、三人も大学行かせてんのか？」もう父ちゃんは嬉しくて「金掛かってしょうがねえよ、まったく大学なんか行ってどうすんだ！」こうやって自慢するのが嬉しいらしい。

受験後の休みはこんなことばかりで、今の奴らみたいに卒業旅行とかパーティーなんかやってる奴はいなかった。少なくとも俺の周りはそうだった。

父ちゃんの仕事を手伝っているとき、高校の同級生の女の子に会ったことがあった。その子は頭がよく、何故この高校に入ったんだろうと思っていたが、静岡から親が転勤になって東京に来た時期が受験とかち合って、とりあえず俺達の高校にいたらしい。結局、すぐに有名な女子校へ転校してしまったが、一度話をしたことがあった。

「北野君のお父さんは何をしてるの？　会社員？」

その子は人気があったので、まさかペンキ屋とも言えず「今、アメリカに行ってんだ。国連の仕事みたい」と大嘘を吐いた。

「え、外交官なの。うちのお父さんも政府の仕事をしているんだけど、国連なんかじゃなくてタイやインドネシアだから危ないって連れて行ってくれないの」

凄い家柄の子だった。ばれたら恰好悪いと思ったが、その子が他の高校に転校したと聞き安心してた。しかし、まさかその子の家の和室をニス塗りする仕事をすることになるとは。

「おい、今日はいい家の和室だから、汚れてない服を着て行けよ。変な所にくっ付いたらペンキ、なかなか取れないから」

行くのが嫌だったが、しかしこういう仕事を父ちゃんがして稼いでくれてたから大学に行けるんだと感謝した。でもその女の子には会わないことを願った。

彼女の家は五反野という、よくタクシーが五反田に行ってしまい客と運転手が揉める駅から十分ほどのところにあった。友達と自転車で見に行ったことがあるので、道は知っていた。

和室に塗ったニスを極薄のサンドペーパーで磨いていると、二階から彼女がパジャマ姿で降りて来た。

「お母さん、お部屋、塗り直すの？　今日はお友達が来るのに。私、自分の部屋にいるわね！」

そう言いながら俺達をチラッと見た。きっと汚い人たちが働いてると思ったろう。

俺はまずいと思って下を向いて必死でペーパーをかけていたが、すぐに見つかってしまった。

「あ、北野君、今日はアルバイト？　お父さん国連から帰って来たの？　うちの父さん、先月帰って来て、すぐマレーシアに行っちゃった」

焦った俺は「大学は何処にしたの？」と話題をかえたが、「うちの学校、エレベーター式で受験なんかないの」と言われ、お嬢さんは違うと思う。そして「邪魔しちゃってごめんなさい、アルバイト頑張って！」と言って二階に上がって行ってしまった。

父ちゃんが「お前、国連とか行ってる親爺がいるのか？」と、国連をどういう物だかわからないのだろうが訊いてきた。しょうがないから「今度銀座にできる国連デパートの壁塗りに父ちゃんが行ってるって言ったんだ」と返す。

「国連デパートか。アメリカが作ってんのか、行ってみなきゃな！」

やっと大学の授業が始まり地獄の通学が始まったが、わずか一週間で嫌になった。

俺は十八歳。父ちゃんは六十五歳、母ちゃんは六十歳だった。

この数字だけは確かだ、俺の時間の残像の集まりよりも、ずっと。

浅草迄

しかしいま考えれば、俺の高校時代ってなんだったんだろう。自分の所為《せい》だがなにも考えることなく、只《ただ》ダラダラと顔を出しただけの高校生活。

都立高校だからそんなに馬鹿でもない、しかし進学校でもない、東大京大など国立のいい大学に入った奴は誰もいない。後になって東大出と嘘をついて高い家庭教師のアルバイトをやって捕まった奴が出たこともあった。そいつは俺達団塊の世代を当込んだ学校法人が創った城南大学とか城東大学とか、まるで、当時流行《はや》っていた加山《かやま》雄三《ゆうぞう》の映画「若大将シリーズ」に出て来るような、何不自由なく暮らす馬鹿な若者が通う豊かな大学に入った生徒だった。だけど「豊かさ」などは幻想で、俺達は「極貧でもないけれど、かといって金持ちでもない」生活であり、それなりに戦後の鬱屈《うっくつ》の下で生きていたのだ。

俺が卒業した足立四中のようにとびぬけたワルや頭のいい奴は、俺の間抜けな高校にはいなかった。

高校は国道四号線を挟んで四中の斜《なな》め前にあったので、中学と同じように慣れた道をまた自転車で三年間通う羽目《はめ》になった。「山手線に乗って通学して、電車の中で他校の女子高生と友達になる」なんて夢や面白さは、端《はな》からない高校生活だ。しかし、高校の場所も生徒の頭の程度も知っていたのに、俺はなんでこの高校を選んだのだろう。まあ俺の頭の悪さと家の経済状況から考えて、母ちゃんが決めたんだろう。肝心のそのへんを忘れているあたりが気のなさの表れか。

クラスの友達もこれまた特徴のない奴等《やつら》ばかりで、四中時代の友達も何人か俺と同じように自転車で高校に通っていた。

高校ではなにもやることがなく、クラブ活動は何一つ全国クラス、関東、東京で優勝を狙えるようなレベルの運動部はなかった。ほとんどのクラブはコーチもいない状態で、試合の時は、その日空《あ》いている先生がその競技を知っているかどうかは関係なく学校の代表で付いて来る。アドバイスはどんな競技でも馬鹿の一つ覚えで一言、「がんばれ!」。

俺は親に内緒で少年野球ばかりやっていたが、野球少年にとっての夢はやはり高校野球で甲子園を目指すことだ。どんな弱いチームでも甲子園には憧れるし、予選でも目指すは甲子園だってことがあるから勝つために一生懸命練習をする——これが高校野球だ、なんて思っていた俺の心を打ち砕いたのは、バットでとらえた練習場の打球音だった。カキーンという金属音とは程遠い、ボト、ボカッというオバさんが干した布団《ふとん》を叩いているのかと疑うような打球音が、サッカー部と共有しているグラウンドに鈍《にぶ》く響いていた。

自分の入る高校をよく調べずにいた俺も悪いのだが、なんと野球部は軟式野球部だった。甲子園など端から無理で、「なんで硬式野球をやらないのか?」と聞いたら、「金が無い」と即答だった。OBもPTAも誰も野球に関心がないらしい。他にやれるスポーツはないし、少年野球もできる年齢ではないので仕方なく入部してみた。

この野球部がまたやる気のない下手な連中の集まりで、初日の練習からしてダレ切っている。俺みたいな貧乏人の倅《せがれ》でも野球道具くらい持っていたが、戦時中に慌てて疎開してきた少年が集まったチーム同然に、なにせ基本的な道具すら持っていない。スパイクを右足に履いて左足は運動靴の奴がいるかと思えば、その隣の奴は左足にだけスパイクを履いている。一足のスパイクを共同で使っているなんていう、笑えないメンバーばかりだった。

翌《あく》る日《ひ》練習に行くと、部室には俺のスパイクもグローブもなかった。グラウンドへ行ってみると、二年生の先輩が素知《そし》らぬ顔で俺の道具を使っている。下手なのだが体がデカく、あまりに低能そうなので文句を言える雰囲気ではなく、次の日早く部室へ行って、カバンに野球道具を入れて持って帰ることにした。

あの頃、クラブに入っているのを母ちゃんにバレると怒られるので野球道具を隠さなくてはならないのと、毎日帰りが遅くなる理由を考えるのに苦労した。なにせ土の中に埋めて隠しておいた野球道具を見つけて、その代わりに参考書を入れとくような親だから。

授業もやる気のない先生揃いで（なんで駄目なところにはこうやって駄目な奴ばか

り集まって来るんだろう）、この先生達が使っている教科書はイギリスの大英図書館に置いてあるような年季の入ったものばかり、カバーは剥げてるし中身も何十年も前の物だ。しかもこの教科書からテストに出るので、先輩から「何十年も同じだから、教科書に引いてある赤線の部分をテスト前に一度読んでおけばいい」と教わった。確かに先輩の教科書を買った奴は全員満点を取れていた。

いわゆる不良でも有名な奴はいないので、他の高校からの殴り込みもない。わざわざ荒川を越して喧嘩に来る奴等がいたら、マキノ雅弘《まさひろ》が撮った時代劇のように全員三度笠を被っていて、河原での喧嘩になったろう――カーンと青々しく抜けた空に草臥《くたび》れた菅笠《すげがさ》が、デカいフリスビーのように舞う景色を見てみたかったものだ。

その当時、山手線の駅では有名なワル高校と他高の不良同士がよく喧嘩していたという噂が足立区にいても入って来た。田舎でも駅前で地元の高校生達が喧嘩をしていたらしいが、俺の高校にはそんなものは一切なかった。足立区には私立の馬鹿高校もあったが、そこでもそんな噂は聞かない。足立区ではワルよりも馬鹿が先行していたようだ。

高校では他校並みに体育祭や文化祭があった。だけど、これが恥ずかしいほど進歩がない。

春の体育祭では恒例で男子生徒が安来節《やすぎぶし》を踊る。恰好は浴衣《ゆかた》や着物ではなく体操着のまま、只ザルを持って三十分くらいの練習でできてしまうような情けない振り付けで、客も（客なんてほとんど来たことないが）なんの反応もないし、本当に詰まんねえものでしかなかった。

さらに最悪なのが秋の文化祭だ。普通は他校の奴とか女子高の子達が「なにかいいことがあるかも」と期待して来るものだが、当日はインフルエンザで休校した小学校みたいに人の気配がないのだ。文化祭で幽霊が出たという笑い話がウケるほど、人気《にんき》のない文化祭だった。

ダンちゃんという越谷から来ている四中時代からの友達と、小久保《こくぼ》、荒木《あらき》というアメヤ横丁でバナナを売っている上野の顔役の倅と四人で文化祭に顔を出したことがある。

教室にはペンキでなにか書いた紙がべたべた貼ってある。

〈何故、日本は戦争に突入したのか？〉
〈原爆使用は正しかったのか？〉
〈アメリカに反抗する中国、ソビエトが朝鮮戦争を拡大させた！〉

此奴《こいつ》等、共産党以下だな。朝鮮戦争で日本は儲けたのに。気色が悪かった。本を読めば誰でも判ることを只書いただけで、自分達の意見はおろか知識人の意見などなにも書いてないし、まして研究もしてないのは一目瞭然だ。

もっと詰まらないのは隣の教室で、昆虫の標本が置いてあるだけ。カブトムシが成虫に成るまでの段階を見せているのだが、こんなもの小学生だって相手にしないだろう。

体育館ではバンドの演奏があるとビラに書かれていた。それまではプレスリーが馴染みだったが、ビートルズの登場によって一気にエレキギターの時代に突入していた。ザ・ベンチャーズみたいにテケテケとやるのかなと思って期待して体育館を覗いたら、フルートとバイオリンの演奏だ。いちいち曲が終わるたびに天童《てんどう》よしみみたいなオバさんが出て来てウンチクを語るのだが、それがまたチンプンカンプンで、これだったら女義太夫のうちの婆さんの方が面白い。

文化祭に合わせてお調子者が作ったんだろう、落研《おちけん》というのも、いつの間にか出来ていて、教室で落語をやるらしい。落語は母親が古今亭志ん生《ここんていしんしょう》の大ファンだったので子供の頃から聴いており、俺もかなり思い入れがある。しかし貼り出された演目を見ると「饅頭《まんじゅう》こわい　荒川亭放尿《あらかわていほうにょう》」なんて書いてある。芸名は笑えるが、「饅頭こわい」なんてネタをやる根性の奴は、まるっきり落語のセンスがない。以前、志ん生の「饅頭こわい」を聴いたことがあるが、あまり笑えなかった。辛《かろ》うじて聴いていられたのは芸の力だ。

待っていると三年生の誰だかあまり目立たない奴が、お囃子《はやし》もなく、スウーッとシケた幽霊みたいに出て来た。

着物ではなく、寝たきり老人が久しぶりに自分で便所に立ったような、前がはだけた寝間着みたいな情けない布に兵児帯《へこおび》を付けた恰好だ。座布団も居酒屋の椅子の上に載っているような安っぽいペラペラのもので、座って頭を下げるが扇子《せんす》を忘れている。そして枕を振るでもなくいきなり「お前、なにが怖い?」と演《や》りだした。当然笑う奴がいるわけもなく(そもそも客がいない)、その落語の酷《ひど》いことったらありゃしない。上下《かみしも》の区別も付かず八つぁんと熊さんの位置が何回もコロコロ変わるから、誰が誰と話しているのかも判らない。カオスである。だから俺はかえって興味を持ってしまい、十五分も持たない話をサゲまで聴いてしまった。よく考えればプロでもあまりウケない「饅頭こわい」を選んだそいつが一番怖かった。

とまあ、そんな文化祭なので、休みが増えて助かったというくらいの感興《かんきよう》しか湧かないもんだ。

なにもない高校だったが、学校側もさすがにこのままでは不味《まず》いと思ったらしく、ある時期、進学校を目指すべく何人かを放課後残して受験のための特訓を始めたことがあった。しかし間抜けな都立の高校、そんなに上手くいくわけがない。案の定、結果は今まで通り、私大に何人か入っただけだった。俺はといえば、やはり皆と同じように就職か進学かは三年生になったら考えればいいやと、朱《しゆ》に交われば赤くなる、周りの馬鹿同然に構えていた。

俺の姉さんの安子《やすこ》は名門上野高校なのに、母ちゃんが「女に教育はいらない」と言って大学には行かせなかった。上の兄貴である大《まさる》も姉同様に勉強が出来た。余談だけど、俺達には上に「勝《まさる》」と名付けた次男がいたのだが、中学へ上る前だかに夭折《ようせつ》してしまった。長男である重一《しげかず》も秀才だったが身体は弱い。だから三男には「大きく育て」の願いを込めたのだ。で、この大は英語が好きで大学は文科系に行きたかったのだが、「これからは理工系だ」と母ちゃんに言われ、泣く泣く化学の世界に行かされた。母ちゃん曰く「本なんか読んでいたら皆、アカになる!」。「アカ」とは共産党のことだが、当時は国の宣伝が効いたのか、共産党が悪く言われた時代だった。大は今でも文科系に行かしてくれてたら東大に入っていたとこぼす。今は博士で学長なのに、東大コンプレックスってのはあるらしい。

母ちゃんはいつも「私は師範学校を出て、男爵家の女中頭《がしら》で子供の教育係だった。だから教育にはうるさいんだ」と自慢していたが、NHKの『ファミリーヒストリー』を観ていたら、彼女は千葉の佐倉の小作農の出身で父と二人暮らし、教育は受けておらず、十二歳で東京に奉公に出されたそうだ。母ちゃんがいつも馬鹿にしてる父ちゃんは四国の勝端城《しょうずい》の戦国大名、細川氏の末裔《まつえい》で、長宗我部元親《ちょうそかべもとちか》に負け、名前を勝瑞から正瑞に変えたらしいとNHKが調べた。明治天皇の前で女義太夫を演《や》った祖母もいるし、父ちゃんの家系のほうがちょっと上等に見える。いま母ちゃんが生きていたらなんて言っただろう。

この頃の父ちゃんといえば、冬の朝は毎日家の前にドラム缶を置いて、焚火《たきび》をしていた。仕事前は必ず火に当たってから、「ああ、さぶいさぶい！」と言って台所に上がって前の晩のおかずでお茶漬けを掻っ込み仕事に出て行った。

ある日、朝起きると父ちゃんが家に入ってこない。焚火にまだ当たってるのかと思ったら、出かけたはずの兄貴が親爺を抱えて家に戻って来た。

「如何《どう》したの父ちゃん？」と姉ちゃんが聞くと、兄貴は「焚火の横で倒れてたんだ！」なんて叫ぶ。周りはもう大慌てで「救急車、タケシ、早く呼んで！」という騒ぎになった。近所の人達も出て来て救急車を待ったが、路地が狭くてなかなか入れない。皆が「あっちだ、こっちだ」と騒いでいるうちに父ちゃんの目がパチッと開いた。

すると、運ばれるはずの父ちゃんが「俺の誘導で救急車を連れてくるよ」などと言い出した。周りは心配して「寝てろ」とか、落胆気味に「なんだ生きてるじゃねえか」と騒ぐので混乱に拍車《はくしゃ》がかかった。

結局救急車には帰ってもらったが、兄貴が言うに原因は、宅地ブームで壁や廊下に使われている新建材をドラム缶で燃やしたせいらしい。加工した化学製品が燃えると硫化水素や硫黄《いおう》などの悪性のガスを出すので、父ちゃんはそれを吸い込んでしまったのだ。

「さすが化学者だね、大は」と母ちゃんは兄貴の講釈を嬉しそうに聞いていた。

「馬鹿野郎、タオルと水持ってこい！　喉が痛くてしょうがねえ」父ちゃんは気絶したのも覚えてないので荒れるばかりだ。

「酒飲めなくなって良かったじゃないか」とは兄姉たち。

「なんだ、何奴《どいつ》も此奴も、俺のことは全然心配してくんねえ、だれが皆を食わしてると思ってんだ！」

「重一と安子だよ！」

母ちゃんの一言に、父ちゃんは即座に黙り込んだ。重一は家族のために夜間大学に通いながら、昼間は通訳の仕事などをして稼いでいたのだ。

とにかく俺の過去を書き綴ると情けなくって背中がヒヤッとする。

他に覚えていることといえば、軟式野球で東京都予選の三回戦で負けてしまい、「四回戦からは上井草《かみいぐさ》のいい野球場で出来たのに……」と号泣している奴がいたことぐらいか。そういえば下手な落研の奴は落語家に弟子入りしたらしい。これが奇縁というか、恥ずかしい縁というかで、のちに寄席《よせ》で顔を合わすことになるのだが。

忘れるところだった。高校時代に東京オリンピックが開催されたのだ。いま皆でやたらと騒いでいる日本のオリンピックを俺は経験していた。でも不思議となんの感動も嬉しかった思い出もない。

詰まんねえ思い出ばかりで、親爺が「俺らの家が環状七号線の予定地に入っていて、立《た》ち退《の》き料が一杯出るらしい」という情報をどっからか仕入れて来て（どうせ一杯呑み屋の信濃屋でだろうが）、「大金持ちになるからお前らもう納豆ばかりじゃねえ、すき焼やカツも毎日食える」なんて喜んで寿司の出前まで取り出した。ところが、いざ環状七号線工事の発表になったら道路は俺の家の真ん前を通るため、国からなんのお金も出なかった。親爺が作ってしまった借金のことで暫《しばら》く母ちゃんと親父の喧嘩が続いた。

とりわけ面倒くさかったのは、俺達は高校が都立なので、いろいろなイベントに駆り出されたことだ。

聖火リレーでは沿道で日の丸の旗を持たされ、うちの高校の陸上部のキャプテンが聖火を持って走るのを応援させられた。仲間の荒木や飯島《いいじま》がボケッとしていると、体育の先生が「世界中の人が見てるんだぞ！」なんて怒鳴っていた。他にも人気のない競技の空席の穴埋めに動員させられた。三宅選手の重量挙げには呼ばれずに、水球（こんなもの足立区体育館のプール行けばいつでも子供がやってる）や、陸上ホッケー（インド対パキスタン戦なんか同じ髭面《ひげづら》でターバン巻いて、大腿骨《だいたいこつ》みたいなスティックで球をひっぱたいてるだけでどっちがどっちだか区別もつかない）など、果てしなく詰まらない競技にばかり行かなければならず、荒木と飯島がタバコを吸ってまた怒られていた。

アホらしい高校を卒業し、なんとか受かった明治大学工学部に登校する日がやって来た。

何故か母ちゃんは不安そうに玄関でそわそわしている。「本当だったら、火打ち石で送るんだけど！」と、なんだかわけが分からない。そして「先生に可愛がってもらうんだよ！　友達と仲良くね、悪い子と付き合っちゃだめだよ！」とまるで小学生扱いだった。

情けないのは明治大学の工学部は俺の時代から駿河台《するがだい》ではなく、神奈川県の生田《いくた》にできた新校舎に移って、農学部とともに生田校舎に四年間通うことになったことだ。一、二年生の一般教養は和泉《いずみ》校舎だと思っていて、そこで女の子との楽しいキャンパスライフを夢見ていた。片田舎で大学生活を送ると知った俺は「こんなんだったら落ちてりゃよかった！」と、母ちゃんが知ったら発狂間違いなしな言葉しか思いつかないでいた。

生田校舎までの道のりを紹介すると、自分でも気が遠くなる。

まず梅島《うめじま》駅から東武線に乗って北千住《きたせんじゅ》で国鉄（その頃はまだ国鉄だった）の常磐線に乗り換え日暮里《にっぽり》に、そこから山手線に乗り換え新宿、新宿から小田急線で生田だ。普通に行っても二時間はかかる。しかも小田急線には急行と準急があることに初めのうちは気付かず、間違って乗ったりでさらに時間が掛かってしまう。まるで遠足だ。土曜日に小田急線に乗ると、虫取り網やリュックを背負った向ヶ丘遊園やよみうりランドに向かう五月蠅《うるさ》いガキどもが俺達の横で騒いでいた。

通学路線である常磐線や山手線は満員で、よく痴漢が出た。常磐線は茨城から千葉を通って北千住に向かうので乗客の柄が悪いのだが、女も負けていない。

「ちょっと、さっきから私のパンツに手入れてんのあんたでしょう！」

女が凄い形相《ぎょうそう》で後ろの男を睨みつける。すると痴漢男の弁解が始まるわけだが、それが尻上がりの茨城弁なので思わず笑いそうになる。

「俺は只、立っていただけでしょう、なんで触るの？」

「じゃあなんでズボンのチャック開いてんの？」

「誰かが開けたんでしょう、しょうがなかっぺよ」

イントネーションがツボにはまり、横っ腹が痙攣《けいれん》するくらい笑えるのだが本人達は至って真剣である。

こんなこともあった。

ある日ニッカーボッカーにダボシャツを着た労務者風の男が、満員の山手線の車内で苦しそうにして俺の前に立っていた。巣鴨を過ぎたあたりで誰かがオナラをしたのか、車内に異臭が漂ってきた。皆、芳しい臭いに気付いていたが知らない人同士なのでなにも言わない。しかし急にその男が騒ぎ出した。

「おい、臭えぞ、誰だ！　満員電車の中で屁したのは？　気取りやがって知らんぷりか、だからお前らは嫌なんだ、正直に謝れ！　おい学生、お前か？　おいサラリーマン、お前だろ？　この野郎、ブスのくせして化粧なんかしやがって！　お前が屁こいたな、芋ばっかり食ってんだろう！」

サラリーマンやＯＬ、学生で満員の電車の中、男は一人で騒いでいるのだが、可笑《おか》しいのと関わったら大変だと思う気持ちが複雑に絡み合って、笑いを堪えるのが死ぬほど苦しかった。

そういえば小田急線には途中の駅ごとに大学のキャンパスがあった。

梅ヶ丘にはあるスジに名高い国士舘大学がある。運動部は学生服の襟《えり》を高くしていて、空手部や拳法部はそこに「国士舘」と入った大きな拳のエンブレムを付けている。そして遠くからでも先輩を見かけると大声で「押忍！　押忍！」と怒鳴っていた。こういう運動部出身の学生は刑事になるかヤクザになると皆で噂していたが、昔新宿でヤクザに刑事が「先輩止めて下さい、逮捕しますよ！」なんて言っていたのを見たことがあったので本当かもしれない。

玉川学園前にある玉川大学。この大学は俺の高校と同じような臭いがした。馬鹿じゃないけど利口《りこう》にも思えないし、大して金を持ってるようにも見えない。ダサい学生もいないが、成城大学に比べると影が薄い。

成城大学は成城学園前なんて駅があるくらい有名で、足立区に住んでいた俺でも高校時代から知っていた。そこの学生は金を持っていて彼女もいて、ＩＶＹ《アイビー》の恰好をして車で海へ行ったりテニスなんかしてんだろうと思ってた。実際、成城大学の学生はすぐ判った。馬鹿とか利口とかではない、品の良い顔をしてたからだ。

専修大学は向ヶ丘遊園にあったが、この大学はまるで印象がなく、頭も良く見えないし、なんか全員が貧乏臭かった。たぶん成城大学の学生を見た後だからだろう。

そして明治大学だが、まず生田校舎ってのが圧倒的にダサい。生田駅で降りると線路に沿って前の駅の方に歩く。途中に名もないシケた麻雀屋や「飲み屋　お袋」とか「珈琲　駿河台」なんて意味が分からない学生相手の安っぽい店がポツンポツンと現れる。十五分くらい歩くといよいよ校舎の入口、心臓破りの階段が待ち構えている。そこをハアハア言いながら登っていく。途中で休憩している奴等もいるくらい急な階段だった。なにせ山岳部が鍛錬のために合宿するくらいで、アルプスを登頂した部員が階段の途中で遭難したらしいなんていう冗談じみた噂もあった。

いま明治大学といえば人気があるが、当時は慶応、早稲田、立教に比べるとだいぶ格下だった。毎日こんな思いをして学校へ通うのかと、初めの一週間で嫌気が差した。一般教養の授業なんて大講堂に千人くらい集められて、教授が自分の書いた本を教科書に毎年同じ講義を何十年も繰り返し、テストも同じ。これじゃあ高校時代と変わらない。やはり「テストに役立つ」なんて先輩が本を売りつけに来た。早くも一年の夏休み前には、俺は学校へ行く気がなくなった。

母ちゃんがよく「大学へ行けば遊べるんだから」と言っていた。しかしそれを現実にしようと思っても明治の夏休みは八月と九月で、他の大学は七月八月だ。だから明治以外の大学生は七月にバイトをして八月に遊ぶ。しかし明治は八月にバイトをして金を貯めても、使う時には九月になっている。楽しい夏は過ぎ去っているわけだ。他校の女子大生と知り合う機会もないし、明治の工学部や農学部にはほとんど女の子がいない。片田舎の隔離病棟みたいな真っ白な建物の中にいる女性は、食堂のオバさんだけだ。まあ、そのオバさんを口説《くど》いたツワモノもいたのだが。

夏休みが終わった頃には、俺はもう、新宿より先にはほとんど行かなくなっていた。毎日、新宿駅で降りると東口の二幸《にこう》（今のアルタ）の前から紀伊國屋書店の方に歩き、スポーツ用品店の地下にあるジャズ喫茶に潜り込んだ。よく分からない、うるせえだけのジャズを大人しく聴いていた。

その頃のジャズ喫茶は、何故か静かに聴かなくてはならなかった、クラシックでもないのに。歌舞伎町の中にあるジャズ喫茶にもよく通った。モーニングサービスはサンドイッチが付いて珈琲が八十円だったと思うが、やはり皆、静かにジャズを聴きながら死ぬほど薄いハムが挟まっているシケたサンドイッチを食っていた。

そうこうしている内に、いつの間にか友達も出来始めた。

相手は店の常連客達だが、皆いろいろなジャズ喫茶を梯子《はしご》していた。ジャズでもバップ、ビバップに前衛といろいろあるらしく、同じように店も掛ける曲に傾向があって、知らないで変な曲をリクエストすると馬鹿にされる。当時のジャズ喫茶の友達には学生はあまりいなくて、映画の仕事をやってる奴とか作家志望とか、前衛芸術関係の奴等が多かった。連中が憧れているのが土方巽《ひじかたたつみ》、唐十郎《からじゅうろう》、寺山修司《てらやましゅうじ》、若松孝二《わかまつこうじ》、大《おお》島渚《しまなぎさ》、横尾忠則《よこおただのり》。でも今考えると、ピンク映画で政治を扱うというムチャクチャな作風の若松孝二の助監督をやってる奴が一番威《え》張《ば》っていたのは何故だろう。エロと政治がピタッときたのか。

大学にも友達はいたが、俺としてはジャズ仲間の方が文化的な臭いがして女の子にモテそうな気がした。毎日数学ばかりやっていた俺にとって、役者とか舞台、ヌーベルバーグとか前衛なんてキーワードは偉く脳を刺激したし、魔法にかかったようになって魅力的だったのだ。

たまに工学部の教室に行けば、「本田技研の開発したV型六気筒、オーバーヘッドカムシャフトは凄い」とか、「ドラム式ブレーキはディスクに替わるらしい」とか「四輪独立サスペンションは……」など、同級生の奴等はそんな話に夢中になっている。みんなホンダやトヨタ、日産に就職したいのだろう。俺はあまり車に興味ないし、工学部に入ったのも母ちゃんがウルサかったからだし、そもそも大学へ行ったら遊べると言われて入っただけなので、会話について行けなかった。だが遠山《とおやま》君という、名古屋から来た学生とは友達になった。彼は千歳船橋《ちとせふなばし》に下宿していた。

当時の下宿というのは民家の一部屋を借りることで、朝夕のご飯を出してもらい、安い代金を支払っていた。地方出身者の中には金持ちの倅もいて、いいアパートに住んで車を持っている奴もいたが、大抵は下宿か風呂無し・共同便所の安アパートだった。

下宿はなにかと便利だが、冗談ではなく家主のオバさんや娘に手を出して揉めるケースがよくあった。しかし遠山君はそういう災難にはあってない様子だった。俺は彼の下宿に泊まったり、安酒を飲みながら名古屋や広島出身の同級生と一晩じゅう話をしているのが楽しかった。

広島出身で遠山君と同じ家に下宿していた徳山《とくやま》君は西郷輝彦《さいごうてるひこ》の大ファンらしく、LPレコードを何枚も持っていて、休みの日には朝から晩まで掛かっていたが、「いつでも　いつでも　君だけを」ばかりだったので覚えてしまった。遠山君はといえば橋《はし》幸夫《ゆきお》、舟木《ふなき》一夫《かずお》が大好きで、大学の友達といるとそんな歌謡曲ばかりだった。

新宿のジャズ喫茶では、チャーリー・パーカーやソニー・ロリンズ、ジョン・コルトレーンが流れ、暫くすると前衛と呼ばれるアーチー・シェップやオーネット・コールマンが好きな仲間ができた。片や千歳船橋の下宿では「吉永《よしなが》小百合《さゆり》は渡哲也《わたりてつや》の彼女なのか」とか「舟木一夫の新曲は……」とそんな話ばかりで、俺にとっては新宿で触れるサルトル、ボードレール、コリン・ウィルソン、カミュなんて名前の方がかっこよく感じられて、だんだんと学校の同級生とは付き合わなくなった。

ジャズ喫茶で会う連中は学生もいれば仕事をしている奴もいて、大抵は地方出身者だ。たまたま喫茶店で知り合っただけなのに、なんで大学の連中と会話が違うんだろうと思ったが、俺は理工系で片方は文科系だからと気付き、本を買って読まなきゃと焦った。

ジャズ喫茶での会話は映画や哲学、文学と、俺には区別が付かないが芸術全般で、数学しか知らない俺には興味が尽きなかった。俺は皆がサルトルとかカミュって言ってる横で下村湖人《しもむらこじん》の『次郎物語』とか船山馨《ふなやまかおる》の『石狩平野』なんて本を持っていて笑われた。

ジャズ喫茶で知り合った杉山《すぎやま》君という友人のアパートに泊めてもらったことがあった。此奴《こいつ》がなにをやってる奴か俺は知らなかったが、明治大学の同級生と生活はなにも変わらなくて、毎月親から仕送りをしてもらっていた。たまに彼女が泊まりに来ていて、それは羨ましかった。

女といえば初めて女を知ることになったのは、受験が終わって高校から大学へ移る春休みのことだ。まず就職する安西《あんざい》から旅行先で女と知り合って「もう分かった」と言うのを聞いた。それで荒木が吉原にヤラせるところがあると調べてきて（今で言うソープランドだが）進学組の飯島、小久保達と行ってみた。恥ずかしいからここまでにするが、その後が大変で、二日後トイレで小便をしようとしたところ、尿道に焼け火箸を突っ込まれたような激痛が走り、チンポの先から膿《うみ》が出た。人には言えずに悩んでいたら荒木から電話があり、すぐ来いと言う。行ってみると上野の顔役である荒木の親爺が飯島と小久保を前にして説教をしていた。俺の顔を見ると「おい、お前もチンポ痛いだろう、パンツ膿だらけか馬鹿野郎！　大人になる前にそういうことすると、皆病気になるんだ、よく覚えておけ！」と怒鳴られて、近くの泌尿器科でペニシリンを打たれた。それから母ちゃんにバレないようにパンツを風呂場で洗い、人前には干せないので自分の体温で乾かそうとそのまま穿いていたら腹が冷えてしまい、酷い下痢で何日も苦しんだ。

まあそんな恥ずかしいことは如何《どう》でもいいが、杉山君とはよく酒を飲みながらジャズを聴き、いろいろな話をした。内容は映画とか芸術、哲学、政治、そして行き着く先は日米安保条約の話で、沖縄からマルクス・レーニン主義になって、「この日本を変えよう！」で終わる。やっぱり明治の友達よりもこっちの方が面白そうだし、なんか文化的な感じで女にもモテそうだと思った。

だが俺には文化的知識がないので困った。数学の知識も単に受験のためのもので、専門的ではない。この杉山って男は作家志望らしいが、俺より年上でかなりの知識人に見えた。

杉山君にションベン横丁とか風月堂や黒テント、花園神社などによく連れて行ってもらった。そこで映画監督や役者、ジャズマン、芸術家と知り合った。とにかくまず、会話に付いて行かなくてはならず、本を買ったり訳の分からない映画や舞台を見たりと金がかかったが、母ちゃんのくれる小遣いでは足りるはずもなく、大学からはますます遠ざかり、昼間は土方や荷役、夜はジャズ喫茶のボーイなどをやって生活費を稼いでいた。

しかし当時は学校での会話と新宿での会話は違うもんだと思っていたが、いま考えると、しょせん若い奴の思考や理屈はどういう境遇にいても同じようなもんだ。何処《どこ》に行っても人生や政治に対して分かったような顔をして理屈を並べる偉そうな奴が必ずいる。そいつらは自分でも、将来に不安なんだろう。

機械工学科の同級生の中に埼玉出身だが二浪して明治に入った奴がいたが、そいつは酒を飲むと必ず俺達に対し愚痴《ぐち》をこぼし、いつの間にか共産党シンパになりそうな人生論を延々と話し出すのだった。

「どうせ明治の工学部を卒業してトヨタ、ホンダに就職できてもエンジンや車のデザインなどやらせてもらえず、一、二年は販売店のセールスをやらされて、いいとこそこの店長か遊園地の支配人だ、大きな会社は学閥ってのがあって、会社によって早稲田とか慶応で、国立の優秀な大学は別だが俺達みたいな三流の大学出は頑張ろうにも頑張らしてくれない、皆車好きで大学を卒業したらF1チームに入りたいなんて思ってても、現実はそうはさせてくれない、世の中はそういうもんだ、夢をもって就職しても、結婚して子供でもできれば、夢なんかより現実の世界でどう生きて行くかが全てでF1よりも子供の成長の方が大事になってしまうだろう、皆社会の歯車になって終わるんだ、戦後の社会がもう作られている、つまり上の者は常に上にいられるように下の者がいくら頑張っても上に行けない組織をこの国は時間を掛けて作り上げたんだ、簡単に言えば搾取《さくしゅ》する側と搾取される側だ！」

新宿のジャズ喫茶でも、なにしてるか分からない常連の客仲間が偉そうに一息に持論を語ってた。

「俺達も毎日ジャズを聴いて大して分からないのにリズムに合わせて指でテーブルを叩いて一日中不味《まず》いコーヒー飲んでタバコ吸って、夜になるとションベン横丁で舞台や映画、本の話をして一日が終わる、こんなことしていて如何すんだ、なにか自分でやらなきゃだめだろう！　大体、俺達がこんな生活をしている裏ではアメリカと安保なんて条約を結んで沖縄の自由を差し出したんだ、日本は戦争で沖縄を見捨てたんだ、本土決戦の前に降伏してしまった、広島や長崎を原爆の犠牲にしてしまい、大体なんで原爆を落としたんだ、トルーマンが戦後処理をソ連より有利に進めるために日本を犠牲にしたんだ、結果日本はアメリカの植民地みたいなもんだ、おい、赤紙で集められ死んでいった庶民や旧植民地の人々に謝ってないじゃないか？　戦前戦中を通して金持ちどもはなにも変わってない、朝鮮戦争であいつ等は幾ら儲けた、今度はベトナムか？　戦後生まれの俺達が毎日アメリカに手を貸している、日本の所為《せい》で人が死んでいるのにこんなジャズ喫茶で『パーカーが如何の！　コルトレーンが如何の！』と能書き垂れてる場合じゃない、マルクス・レーニンを評価して知らぬ間に資本主義の毒を飲まされた我々がなにかしなければいけないぞ！」

千歳船橋の下宿も新宿のジャズ喫茶も両方とも、何故か共産主義に巻き込まれていた。そのうちに、ジャズ喫茶に〈革マル〉とか〈中核〉とか書いてあるヘルメットと角材を持った奴等が現れだした。ジャズと革命が如何リンクすんのか判らないが、気が付けば日大闘争が始まり、秋田明大《あきたあけひろ》って変な名前の男が注目を集め、日大の古田とかいう理事長だか会頭だかに対して改革を迫ったり、明治の工学部にもいつの間にか「社学同（社会主義学生同盟）」なんて党派の派閥ができて、授業中に教室に入って来て教授を差し置いてアジ演説を始めているらしい。

俺は出席表の提出を頼みにたまに大学に顔を出す程度だったが、何故か四年生になっていた。いかに大学が駄目だかが分かる。四年生になると（三年生の記憶違いかも）ゼミナールに入らなきゃいけないので、当時まだマイナーなレーザー光線の研究室を選んでしまったが、結局一回も出席した記憶がない。

俺にとっていつもの生活とはアルバイトで、昼は肉体労働、夜はジャズ喫茶で働き、終わってからは麻雀と酒、足立区の実家に帰ったり人の家に泊まったりで毎日学生らしいことはなにもせずに暮らしていた。あんなに口うるさかった母ちゃんは不思議となにも文句を言ってこなかった。俺を大学へ入れたことで満足していたのか、後は就職すればいいとでも思っていたか？

あまり友達の家に泊めてもらってばかりじゃ悪いので、ジャズ喫茶で知り合った五十嵐《いがらし》君という他の大学に通う北海道出身の奴と共同でアパートを借りることにした。しかし母ちゃんにどう言ったらいいか判らず悩んだ。お金はどうにかバイトで貯めたが、「お金は？」と聞かれて「バイトで作った」なんて言ったら学校へ行ってないのがバレてしまう。そこで「友達が只で使っていいと言うので、学校へ通うのに便利だ」と誤魔化した。すると母ちゃんは「どうせ、すぐ家賃も払えなくなって、学校にも行かなくなって、アカになって警察に捕まるよ！」ときた。

半分、母ちゃんの言ってることは当たっていたが、その頃の古い日本人が持っていた共産党に対する敵意のような思想は、今考えると面白い。根底では共産主義と同調してるのだが、同調しすぎてヤバいと判断してしまうのか、憎しみみたいな感情になる。

そうこうしてたら母ちゃんの言った通り、アパートを借りたはいいが、毎月の家賃を払うのにとにかく苦労した。当たり前だが、払ってもすぐ次の月がやって来る。給料日と逆だ。しかも五十嵐君は女ができてアパートを出て行ってしまい、結局俺が全額払うことになった。

しかし五十嵐君とのアパート暮らしは僅か数ヵ月だったが面白かった。安いアパートで共同トイレが廊下の奥にあり、階段が一階の廊下の中央から二階に梯子《はしご》のように掛っている。俺達の部屋は階段のすぐ横で、夏などドアを開けておくと廊下から部屋の中がまる見えだった。

一ヵ月くらい経って斜め前の部屋に若い女の人（三十くらい）が引っ越して来た。五十嵐君が言うには人妻だったが、ダンナに死なれて独り暮らしになったらしい。何処で聞いたんだろうと思ったが、「今までダンナがいたんで夜の営みには満足してぃたが、最近は性に飢えているはずだ、だから部屋のドアを開けっぱなしにして裸で寝ていれば女は我慢できずチンポをくわえに飛んで来る、だから裸で待ってよう！」と馬鹿なことを考えて裸で寝ていたら、すぐさま警察を呼ばれた。

ドアの前に喫茶店で拾った革マルや中核のヘルメットを置いておいたらＮＨＫや新聞の集金が来なくなり、自然と家賃も払わなくなった。家賃を払ってないのでアパートの出入りに気を遣い朝早くか夜遅くにしていたのだが、ある日夜遅く、部屋に明かりが点《つ》いているので五十嵐君が来ているのかと思ってドアを開けると、大家さんが一人で座って酒を飲んでいた。家賃のことだとすぐ判った。

そして酒を飲んでいる大家さんを見た時、この人、気が弱いなと思った。入り口に置いてあるヘルメットが効いたのかも、とも。しかし悪いのは俺だと十分判っているので、そおっと頭を下げながら部屋に入った。

「北野君、今日なんで私がここにいるのか分かるよね」

大家さんが赤い顔をして話し掛けて来る。

「はい、すいません……家賃のことですよね」

「じゃあ、何ヵ月溜めているか分かる？」

「はい、多分半年以上だと思います、すいません！」

「半年以上家賃溜められて文句言わない大家がいると思うかい？」

「すいません、いないと思います。でも大家さんが優しいから……」

「馬鹿を言ってんじゃないよ！　そんな大家が何処にいる。君、あんないいお母さんを泣かせちゃ駄目だよ！」

「え、母さんがなにかしたんですか？」

「なにかしたんですかじゃないよ！　俺は泣いたよ、いい母親だって。あのな、あんた達が此処に引っ越して来た一週間後にお母さんが訪ねて来て、『うちの馬鹿息子は必ず家賃を溜めてしまいます、その時は私に言ってください、払いにきますから』そう言って菓子折を置いて帰って行ったんだ、この馬鹿が！」

また母ちゃんに一本取られた。

引っ越しの日、俺は友達の家具屋から車を借りて足立区の実家から荷物を積んで目白に向かったのだが、どうやってか母ちゃんはアパートを探し出し、大家さんに挨拶をしていたのだ。

大家さんには来月から必ず家賃を入れると言って許してもらったが、実家に帰るわけにはいかない。ひさびさに大学に顔を出し、事務局へ行って授業料のことなどを訊いてみた。授業料は四年生まで完納していた。俺がドロップアウトしてからも数年間は、母ちゃんが大学に納めていたんだ。新宿に戻ってラーメンでも食ってバイトを休もうと思って中華料理店へ入ったら、東口の芝生で夜寝ているヒッピーだかなんだか分かんないが基督《キリスト》と呼ばれてるフーテンが隣でレバニラ炒めを食べてるのを見て笑った。

その日はジャズ喫茶の連中がデモに行くというのでついて行った。

ヘルメットを渡されタオルで顔を覆って角材で機動隊とぶつかる、面白そうだったがいざデモが始まるといつの間にか先頭になってしまい、催涙ガスを撒かれ、前から機動隊に殴られ後ろからデモ隊の角材で突っつかれ新宿を逃げ回った。

もうジャズ喫茶もデモもやめて働こうかと思ったが、学校には出ていないし就職は無理だろうからなんかいいバイトはないかと探していたら、スポーツ新聞の求人欄に〈タクシー運転手募集〉と書いてあった。賃金も大分いいし、一種免許しかなくてもいいらしい。すぐ応募してみた。タクシー運転手になればいろいろな場所に営業所があって、そこに泊まったり飯が食えると前に乗った運転手が言ってたのを思い出した。池袋に営業所があるそのタクシー会社は人手不足らしく、大した面接もなく、明日から来てくれと言う。書類は後で作ればいいと、結構いい加減だ。

まず入社した後、一種免許のみの人は会社の練習場で二種免許を取るための特訓を毎日受ける。その間も給料が出るが、最低二年間はその会社で働かなければならない。もし途中でやめる場合は二種免許を取るまでの給料と違約金を払うことになる。

しかし違約金を払ってやめても運転手不足のため、もっといい給料で雇う会社が一杯あり、当時のタクシー業界は売り手市場だった。

会社は業界では大手で、毎日大勢の練習生ドライバーが入って来る。

練習生は倒産した中小企業の社長や定年を迎えたがまだ家のローンが残っている元サラリーマン、元ヤクザ、コック、畳屋、水商売の男と年齢も前職もバラバラで、一生ホンネで口をきくことのない奴等と一緒になって練習場で必死に運転を覚える毎日が続くと思うと、笑えるというかなんか異様だった。

練習場にはテレビや本に必ず出てくるような、お節介焼きの親爺や、説教魔、屁理屈ばかり言ってる奴がいた。説教魔は昼食の時間になると定年退職した元サラリーマン相手に、「なんで三人も子供がいて家のローンなんか組んだの？　払い終わった時が人生終わりじゃない、子供より自分の人生だよ！」なんて言いながら絡んでいる。

その中でも一番嫌な奴は鮫洲《さめず》免許センターあたりの教官崩れで、タクシー会社に頼まれて運転の技術を教える奴だった。此奴がなにかにつけ偉そうで、こっちが運転をミスると大げさに体を揺らし、「それじゃあ、客が死んじゃうよ！」なんて言って威張っている。

一番難しいのはS字のバックで、大抵の奴は失敗するのだが、その度にこの教官は車の外に転げ出てゲーゲー吐くフリをし、「ヘタすぎて気持ち悪くなった」と嫌みを言って喜んでいた。そして急発進や急停車にやたらとうるさい。ちょっと速く車を発進させただけで頭を後ろに激しく反《そ》らし「あ〜っ」と怒鳴る。また急に停まると、今度はダッシュボードに激しく体をぶつけそうにする。一度、ヤクザあがりの男に車の外で吐いたフリをしてる時、怒ったヤクザに車で轢かれそうになり練習場を逃げ回っていたが、その時は本当に笑った。もちろん元ヤクザはクビになった。

一番可哀想なのは中小企業の元社長だ。品川でネジ工場をやっていたが設備投資が遅れ他の会社に仕事を取られて倒産、まだ子供が独立できないので、それまでタクシーの運転手でもやってみようと思ったらしいが、会社も親譲りで人に文句を言われたことがないらしく、鬼教官に「なにやってんだ、馬鹿野郎！」とか「コノヤロー、チャンと前見ろこのガチャ目！」など、今では言葉狩りで消えた差別語混じりで怒鳴られ続け、元社長もついに切れて、言い争いが始まった。

「ガチャ目とはなんだ、この雲助《くもすけ》！」

「お前、練習生のくせになに言ってんだ！」

「あんたも俺も仕事でやってんだろう！　馬鹿とかコノヤロウってのはないだろ！」

「お前が半人前だから俺が教えてやってんだ、二種免許取れなきゃしょうがねえじゃねえか、お前、働かなくても給料もらってんだろ、コノ泥棒！」

「お前だってどうせ運輸省辺りから天下りした所長の下で鮫洲の教官やって、今度はこのタクシー会社に天下りして教官になって、鮫洲と会社ぐるみで優先的に二種免許取らせてんだろう、この税金泥棒！」

実際タクシー会社が鮫洲などの免許試験場から教官を引き抜いて、優先的に二種免許を取らせて働かせるのが一番手っ取り早く、もし個人が独自に二種免許を取ろうとすれば大体三回は落ちる。

「お前、嫌なら辞めろよ！　会社潰して食えねえから、タクシー運転手になろうと思ったんだろう！」

「辞めるよ、この雲助の子分め！」

結局、中小企業の元社長は辞めてしまった。

食堂ではそれを見ていた説教魔が、元サラリーマンに相変わらず絡んでいる。

「見ろ、人に使われたことのない奴はああなると悲しいな、人間一回は使われてみないと使われる奴の気持ちなんか分かんないよ、しかしあんたもなんで子供にそんなに期待すんの？　子供なんて自分達が大人になったら親が邪魔になるんだよ」

大人しい定年の元サラリーマンは頷きながら聞いている。

「どんな時代もその繰り返しなのに、人間というのは馬鹿だな、子供のために自分の将来まで犠牲にしてしまう、只残ったのは家の借金か……子供は助けてくれないよ、国会議員とか官僚の奴等は皆いい思いしやがって、知ってるか？　各省庁の国家公務員宿舎は凄いマンションだぞ、皆税金だよ、皆金残して今度は天下りだ、こんなタクシー会社まで天下りの影響が出ていて、あの馬鹿教官にまで天下りの恩恵がある……」

偉そうにそんなことを言っていた奴が自分が教わる番になると、「はい、はい、分かりました、もっとハンドルを早くですね、有難うございます！」と人が変わったように愛想がいい。それを俺と畳屋が後部座席で黙って見ている。

畳屋の番になり、教官が「おい畳屋、お前なんでタクシーやる気になった？」と訊いて来た。

「はい、近頃の日本人はカーペットとかマットで、畳も本物じゃなくて塩化ビニールをプレスして作ったような物で、本物の畳は人気がないんです。本物は日本の四季に合わせて呼吸をしてるようでいいんですが、そんなことも分からない日本人ばかりで……駄目ですね西洋かぶれは、マンションなんかみんな同じでカビだらけですよ、よくあんな部屋住めますよね」

「……マンションで悪かったな！」

「いや、教官のことじゃないですよ！」

「俺の家はマンションでカーペットばかりで四季がねえよ！」

そんなこんなで俺は二ヵ月掛かって二種免許を取得した。そしてすぐタクシー運転手の資格を取るためのテストを受けた。

このテストがまた間抜けで、〈日本橋から渋谷に行くには何処を通りますか？〉とか、〈国会議事堂は何処でしょう？〉とか、よっぽどの田舎者しか間違えないような試験で、しかも事前に答えを見せてくれるので、只試験を受けたという証明書がいるだけで、テストなんてものじゃなかった。そして俺は翌る日からすぐ営業に出された。

初めの二日くらいは班長の吉田という先輩運転手が助手席に乗り道を教えてくれたり指導をしてくれたが、すぐに一人でやらされるようになる。

当初は夢中で車を走らして一日四百キロ走ったこともあった。売り上げは初乗りが百三十円の頃に一万六千円くらいだったと思う。このうち八千円ほどが俺の稼ぎになるので、当時バイトで一日千五百円くらいにしかならない時代では偉い儲けだ。気付けば何処に美味《うま》い食い物屋があるかとか休憩場所や、くだらないがタクシー専門のパンパンが立ってる場所なんてのもいつの間にか覚えていた。

乗務時間はシフトが三つあって、早朝から夜までがシフト一、昼から深夜までがシフト二、夕方から翌日の朝までがシフト三。車はフル操業で、次の運転手に掃除して引き継ぐ。冬の洗車は辛いが、そこにはちゃんと元運転手の掃除代行がいて一台二千円でやってくれる。とはいえその頃のタクシーは評判が悪く、乗車拒否やメーターを倒さない〈煙突〉、わざと遠回りするなどして高い運賃を請求するなど、社会の顰蹙《ひんしゅく》を買っていた。

二、三ヵ月もすると懐具合もよくなったので、ひさびさに新宿に顔を出した。ジャズ喫茶もこの頃になると酒を出すような店が流行《はや》りだし、コーヒーで何時間も過ごせるなんて店は少なくなった。店の前にタクシーを停めて制服のまま店に入って行ったら皆驚いていた。

「如何したの、北野君？」

「金が無いんで、タクシーのバイトしてんだ」

「今、勤務中じゃないの？」

「そうだよ、タクシーには警察、なんにも言わないよ。其処に車置きっぱなしだもの。ウイスキーの水割りくれる！」

「酒なんか飲んでいいの？」

「取り締まりでもタクシーは停めないもの」

暫く酒飲んで、「じゃあ、もうひと稼ぎしてくらあ」と言って街に出た。すぐ客がつかまって渋谷まで送った。すると次の客が乗って来て「新宿まで」と言うんでまたジャズ喫茶の近くまで来たので店に入った。

「なんだよ北野君、もう帰って来たの？」

「新宿と渋谷行ったり来たりだ、もう幾らかになった！」

「いいなあ、俺もタクシーのバイトやろうかな？」

「二種免許持ってる？」

「持ってないよ、普通しか」

「持ってないと二種取れるまで会社で訓練させられて生意気な教官に怒られて嫌になるぞ」

「自分で取ったらいい給料が出んじゃないの？」

「それが、そんな上手く行かないんだよ。個人で取ろうとすると必ず何回か落とされる、運輸省とタクシー会社でなにかあるんだろう」

「また飲んで行くの？」

「止めようかな、外暑いからクーラー利かせすぎて体がおかしくなる」

「海でも行きたいな、大学卒業なのにやることねえ！」

常連の一人が言い出した。それに続いて「俺も、卒業したら実家の手伝いしなきゃあいけなくなった、親爺引退するって言うし……」と寂しそうにしている。

新宿の仲間の多くは、卒業と同時に田舎に帰るらしい。マルクス・レーニンなんて騒いでいた奴等は地元に帰って新社長か……俺はどうすんだ、大学卒業なんてできないし、母ちゃんの所には帰れないし……まあいいか。

「皆で海へ行こうか、車あるから！」

「いいのか？　タクシー使って」

「金が無くなったら、江の島とか鎌倉で流して客拾うよ」

さっそく四人で第三京浜から茅ヶ崎へ、夜中タクシーを走らせた。途中で買った酒を飲みながら皆良い調子だ。車の中で寝て、翌朝は逗子海岸で日焼けしたり泳いだ。気が付くともうとっくに営業所に帰る時間は過ぎていた。また皆を乗せ新宿に戻る。池袋の営業所に戻ったのは夕方だった。朝から引き継ぎ予定の運転手が怒っていた。

事務所に売り上げの三千円とタコメーターを提出すると、班長がタコメーターを見ながら不審な顔をしている。

「お前、夜中こんなに走って三千円ってことはないだろう、煙突でもしたのか？　何百キロも走ってるじゃないか」

「すいません、客がいなくて」

「そんなことあるかよ、他の奴等は二万は上げてるぞ、それになんでそんなに日焼けしてんだ！」

それから、すぐに首になった。

二年働いていないので会社には違約金の借金が残った。後で聞いた話だが、これも母ちゃんが払ったらしい。

もう自分が情けなくなった。大学の四年間、俺だけ学生運動とか前衛芸術とかジャズとかなにも分かりもしないで皆と屯《たむろ》して、将来はなにか新しい職業に就きたいと本を読んだり、舞台を見たり、マルクス・レーニンに凝ったり、国に反対したり……結局なににもなれなかった。　喫茶店に屯する馬鹿な素人評論家だった。

ジャズ喫茶の仲間達は新宿での生活を楽しんでいたが、潮時が分かって地元に帰っていった。

俺は潮時など判りもせず、溺れ死んでいくんだ。俺だけ今更なにをしていいか分からず、只、ポカンとアパートで寝ていた。

随想——浅草商店街

結婚を考えた男女が「ココ山岡」で婚約指輪を騙され、「はれのひ」でドレスとタキシードを騙され、新婚旅行は「てるみくらぶ」で行けず、やっと取れたと思った飛行機は全日空の酔っぱらいパイロット、ホテルは姉歯の設計――浅草寺《せんそうじ》を中心に広がる商店街は、年年歳歳《ねんねんさいさい》、四季折々、千客万来《せんきゃくばんらい》の不祥事をギャグで笑ってしまうような、大阪の西成《にしなり》と並び称される特別な地域だ。

俺が修業していた時代には、土地の人にもあまり知られていないような、面白く、怖く、情けない店や人がたくさんいた。それに騙されたり、笑わせられたり、同情したり……兎《と》に角《かく》、思い出しながら紹介しよう。

浅草「片足屋」

片足屋《かたあしや》は観音《かんのん》様から放射線状に広がる商店街で、伝法院《でんぽういん》通りの中頃にある古い店だ。昔は店の上に看板があり「高級紳士靴ハイヒール」なんて書いてあったらしいが、今は所々ペンキが剝げ落ちよく読めない。看板の下にはポスターの裏側にマジックで「片足屋」と書いて画鋲《がびょう》で留めてある。風が吹くとポスターがゆっくりとはためき森進一《もりしんいち》が顔を出す、そしてまたもとのマジックの片足屋に戻る。

ガラスの割れたショウケースの中に、白いエナメルの靴の片方、赤いハイヒールの右、漆《うるし》の下駄の片方と地下足袋《じかたび》からブーツ、ゴム長《なが》まで何でもあるが、どれも片方しかない。こんな物売れるのかなと思っていたが、何日か経ってその店を覗いてみると、確かに売れていた。ハイヒールや紳士靴が売れていて、今度はロンドンブーツが置いてあった。やはり片っ方だ。

店の親爺に聞いてみると、これが確実に売れるらしい。少し履いた跡があるから、持ち主じゃなきゃ気持ち悪い、まして片方じゃ履きようがない。だから片方を無くした本人が必ず買いにくるとのことだ。片方無くす奴がそんなに居るのか、ましてやどうやって靴を仕入れるんだとふしぎだったが、一ヵ月くらい経って理由がわかった。松竹演芸場に空き巣が入り、芸人の衣装や靴が盗まれたのだ。皆んなが不思議に思ったのは、衣装は多少の金になるが、なんで靴の片方だけ盗むんだ、ということだ。

「ああ、あそこだ、片足屋に持って行ったなドロボウ」

先輩の南けんじ師匠が言った。

皆んなで片足屋に行くと、千円や五百円で俺達の舞台靴を売っていた。片方盗《と》られた芸人達は怖いから文句も言わず買い戻したが、腹が立つより可笑《おか》しかった。でもゴム長や足袋は買いにこなかったらしい。漆の下駄は無くなっていた。

この店は一応古物商になってるらしいが、最近では軍手、ボクシングのグローブ、剣道の籠手《こて》など品目が増えた。また隣の珍品屋はたまに店を開けるが、落語の道具屋みたいで笑わせる。

インチキと思うがまず「力道山《りきどうざん》のサイン入りバット」、「王《おう》さんの右の方が汚れてない野球シューズ」（打つとき右足上げてるからだって）、「若大将・原《はら》監督のウクレレ」（これは加山雄三《かやまゆうぞう》さんの若大将と掛けてんのか？）……こんな店があった。

寝ちんぼ信ちゃん

浅草の立ちんぼや、当たり屋ネイマールは他の本に書いたことがあるが、寝ちんぼ信《のぶ》ちゃんも笑わせる。信ちゃんはもともと秋葉原の電気街で盗聴器や隠しカメラを専門に売っている店の店員だったが、浅草に来てすっかりネイマールや花見オジサンと仲良くなり仕事をやめて、浅草で暮らしだした。ネイマールは当たり屋で、肩が触れただけでも大袈裟《おおげさ》にのたうち廻り、相手から金をせびるが、花見オジサンはもっぱら稼ぎ時は花見シーズンで、二、三週前から公園や隅田川の土手、観音様の裏など花見客が集まる所に前もってブルーシートを敷いて、場所を貸して儲ける。

寝ちんぼ信ちゃんは昔の商売がら、警察、消防の無線を傍受して現場に急行、救急車やパトカーよりも早く自転車で現場に現れ、事件によっては現場の近くに倒れて被害者のふりをする。結構間違えて助けられ幾《いく》らか貰えるらしい。もっぱら火事や、交通事故、道路の陥没などすぐ現場に行って倒れてる。噂では熊本、仙台まで行ったことがあるらしい。スーパーボランティアの親爺に殴られそうだ。

拾いものレストラン

ヨシカミのハンバーグやステーキ、今半《いまはん》のすき焼きの残り物、さらには天丼やカツ丼、さんま、チャーハン、ラザニア、スパゲッティ……有名レストランの裏に置いてあるゴミ箱からホームレスと喧嘩して取って来た食べ物が少しずつ皿に盛ってある、これが「拾いものレストラン」だ。一皿百円なので超満員、間違えて有名人まで来てしまい、遂に保健所の手入れが入り閉店に追い込まれた。

その隣に元全共闘の親爺がやってる「アジール」という店があった、アジールってのは何語か分からないが「アジト」という意味らしい。

この親爺まったくやる気がなくて、メニューは値段だけであとは何も書いてない。百円コース、五百円コースの二種類だけで、試しに頼んでみたら、百円コースは海老《えび》センと前の客の缶詰の残り、あとウイスキーが一杯付く。ウイスキーのブランドは分からないが、アルコールにメチルを入れてごまかしてるだろう。

五百円コースになるとだいぶ豪華になる。先ず、見ている前で鯨《くじら》の缶詰を開けてくれる。鯖《さば》やさんまの時もある、あとは定番の海老センと酒、バーボン、スコッチ、ウオッカ。酒はぜんぶ混ぜちゃう、だからよく酔う。

　親爺は難しい顔してTVを観ているだけだ。しかしたまに親爺の仲間が遊びに来る。何気なく聞いていると、プロレタリアとか、マルクス、レーニン……昔俺もよく聞いた名前が出てくる。まだ革命を目指してんのかと思ったが、たまに電話があって、親爺がノートを出して何かを書き込んでいる。「合羽橋《かっぱ》のアトム、（2・3）1000円、（2・4）1000円」とか、「千点のショーちゃん、（2・2）1000円、（4・5）5000円」とか博打《ばくち》のノミ屋もやってるらしい。この店の隣がヤクザの事務所なので、ここで博打の受付をしてカモフラージュしてるみたいだ。隣のヤクザは浅草でもわりかし大きい事務所で、この辺を仕切っている。正月のしめ縄を売りにきたり、獅子舞《ししまい》などはこの組の若い衆《し》がやらされている。

　前に近所の店に獅子舞がきたが下手でみんな笑っていて、子供が「全然怖くないよ」と馬鹿にしたら、「何このガキ！」と言って獅子舞のお面を取った瞬間、お面より怖いヤクザの顔が出てきたので皆んな逃げた。

　この組の若親分は切れ者で、野球賭博全盛のころ、他の二つの組に一千万円ずつ巨人の「勝ち・負け」にそれぞれ張らせる。どちらかが負けてしまうわけだが、負けた組は高い金利をかけて分割払いにさせる。で、毎月利息込みの負け金を取り立てて、勝って儲かった組から貰った金を合わせた資金で闇金をやるのだ。若い衆に闇金を任せて、十ヵ月で一千万儲けるという。このやり方で最後には一億使って、同じことをやったそうだ。身内で金を回してビジネスにしてしまう、とんでもない胴元《どうもと》もいるなあと驚いたもんだ。

中華出前ＤＨ陳さん

陳《ちん》さんは子供の頃、台湾から両親と日本に来た。浅草で中華料理の店を親が始めたのであまり学校にも行かず、出前をやり店を手伝っていた。日本に来た頃から、野球ファンになり、巨人の王さんのファンで暇をみては野球をやりに来る。

隅田公園に墨田イーグルという少年野球チームがあり、陳さんはいつの間にかそこの監督と仲良くなり、試合の時は、いい大人なのにＤＨで子供達に交じり野球をやらせて貰っている。なぜＤＨかというと出前に行った帰りや、食器の回収の合間しか時間がないので、上手く自分の出番の時間を考えて自転車でグランドに現れる。

あるとき陳さんがヒットを打ってしまい、二塁にいたが時間がなくなり店に走って帰ってしまった。その陳さんを球をもった二塁手が店まで追いかけたというエピソードがある。

二十年間続いている閉店セールの店

その店の入り口には紙が貼ってあり「本日、冬ものダウンジャケット入荷」って書いてある。店を閉める気、まるで無いじゃねえか。

売ってる物は、お馴染《なじ》みのバッタもののロータックス、ニケ、エロメスと、もう笑えない物ばっかり。なのにたまに売れるらしい。

その店が始めたのが「浅草観音水」だ。

ペットボトルでエビアンとかボルビック、六甲の水、何とか天然水など、「水」が売れるので考えたらしい。観音様の裏の公園の水道の水をビールビンにつめて、観音様の御利益で病気が治ったり金持ちに成ったりする、と嘘をついて一本二百円で売ったが、水の中に変な物が浮いてると保健所に訴えられバレた。さらにその水で本人がO－15

7に罹《かか》ってしまい水を売るのは止めたそうだ。

ひさご通りのガンジー

ひさご通りは六区の花やしきの横を通り、言問通りまでの間の短い商店街で、乾物や果物、お菓子、下駄など大体揃っている商店街だ。この商店街にたまに顔をだすホームレスがいる。この男は何でも店の物を店員に断らず試食してしまう。試食というより食事である。

おにぎりや佃煮《つくだに》、煎餅《せんべい》と、何でも手づかみで平気で食べてしまう。店員が注意するとやめるが、いなくなるとまた食べ始める。店の親爺が怒って殴っても意に介《かい》さず黙々と食べる。警察につきだしても、すぐ帰ってくる。皆んな諦めちゃって、一人がいくら喰ってもたかが知れてるからと黙認してる。文句言おうが殴ろうが無抵抗のこの親爺を、いつしか誰もがガンジーと呼ぶようになった。

何処に住んでいるか後付けて行った奴がいて、「家で何してた?」と聞いたら、糸車《いとぐるま》を廻してたと言ってた。

浅草で五十年続いた煮込み屋

よく行ってた煮込み屋が、親爺の都合で店を閉めることになった。最後だからと親爺が常連客を招待、今日は酒以外は皆只《ただ》、と言うので、皆んなドラム缶のような鍋に入ってる五十年も煮込んだ鯨や豚のモツを底からさらって喰いだした。だんだん鍋の中身が減ってくるうちに、そこからグローブや地下足袋、タイヤ、どう見ても猫の骨など色々な物が浮き上がってきた。でも流石《さすが》は浅草、平気で親爺との昔話で盛り上がり、中には泣いてる奴もでる始末だった。

この店の隣は親爺のお母さんが「お袋の味　母ちゃん」という店をやっていた。店というがお母さんの住んでる民家で、料理は台所で作っている。客がコタツのある四畳半で座ってると、ひじきとか大根の煮込みとか市販のインスタントカレーが出てくるだけ。そして気が付くとそのおばさんも一緒に喰ってる。

店を閉めると煮込み屋の親爺は店を貸して隣の自宅に引きこもり、後を継いだのがそこら辺を縄張りとするヤクザだった。店名は「スナック雷」。ヤクザの経営で雷ってのもこわいが、従業員はもと吉原の花魁《おいらん》やホモ、デブ女（デブ専用）。実際はヒロポンの隠れ屋で、中毒がそっと打ちにくる。値段も薄め具合によって違う。混ぜ物半分、三十パーセント、十パーセント。中には生理食塩水だけ打ってその気になって帰って行く奴もいる。針を替えないのでB型肝炎で苦労してるとかいないとか。

林家三平師匠のアコーディオン・小倉さんの店

三平《さんぺい》さんのTVでよく見かけるアコーディオン小倉義雄《おぐらよしお》さんの店が浅草近くにあった。三平さんのファンがそれを知って行くのだが、本人は舞台をそのまま演じてしまい、何も愛想なく黙ってアコーディオンの伴奏するだけで潰れたらしい。

また近くに羊《よう》かんちゃんの店がある。漫才師、「松鶴家千《しょかくやち》とせ・宮田《みやた》羊かん」という芸名で舞台に上がっていたが、「ヘッヘッヘイ、俺がむかし夕焼けだった頃」なんてやってたのが千とせさんで、その相方が羊かんさんで、この店はスナックで時事ネタを歌にしてショウをやるらしい。奥さんの間の手と従業員の掛声で盛り上がり、随分繁盛《はんじょう》してるみたいだ。

芸人はよく店をやるが、ＳＭバーをやった人もいた。

SM大魔王・熊さんの店「カリギュラ」！

兎に角この熊《くま》さん、口が悪い。客がドア開けて「空いてる？」なんて聞こうもんなら、「見りゃ、分かんだろう、他に客が見えるかよく見て話をしろ、一組しかいねーじゃねーかケチな客が！　早くドア閉めて座れ！」といきなり怒られる。黙って座ると、「何黙って座ってんだ、早く何か頼め！」。焦って「取りあえず、ビール！」と言うと、「コノやろう、取りあえずってメーカーねえよ、キリンとかアサヒだろ！」「キリン下さい」「隣の間抜けは何飲むんだ？」「同じでいいです」「お前は自分がねえ、何が同じだ！」……こういった調子で客を虐《いじ》める。

「ビールだけでツマミどうすんだ？　まさか、頼まねえんじゃねえだろうな、この貧乏人！」

「もろきゅう、とイカ割き下さい」

「もろきゅう？　オバQみたいな顔しやがって！」

万事《ばんじ》こういった調子だが、先に来ていた女連れのお客が「スイマセン勘定して下さい！」と言うと「もう帰るのか、その女とヤロウってんだな、このスケべ！」

しかしレジで計算して勘定を貰う段になると、「八千五百円です、今日は有難う御座いました、お気を付けて！」と、とたんに優しくなってしまう。そして他の客と目が合うと「何見てんだコノやろうてめえ等ばかり飲んでんじゃねえ、俺にも何か勧めろ！」また客を虐めはじめる。

ある日地元のヤクザが店に来てしまい、「おいSM大魔王って何だ？」と言われ「私、斉藤政夫って名前で、出す酒が大魔王って鹿児島の焼酎なんで……」と誤魔化していた。

屋台ラーメン「シロクマ」

この店は十二時頃から国際通りの中華料理の店「天界」の前に出てる屋台で、結構人気がある。客が注文すると親爺は「天界」に入って行き、店の中で作って持ってくる。だったら屋台なんか出さずに店を開けた方が楽なのにと思うが、屋台でラーメンを出した方が客の入りがいいらしい。夜中は屋台の方が雰囲気がいいのかも。いつも二時頃から屋台の端で酒を飲んでる女がいる。昔の夜鷹《よたか》――落ちぶれた吉原の花魁のことで、ゴザ持って客を取っていた――だ。浅草にはまだそういう人がいた。

その屋台が繁盛してるので、一時、屋台のラーメン屋が増えた事があった。素人が始めた屋台が多く何処も不味《まず》かったが、夜中にラーメンの屋台をみると、つい入りたくなる。

昔友達と公園の裏口で屋台の提灯《ちょうちん》を見つけて覗いてみたら、親爺の姿がない。「オジサン、ラーメン二つ！」と怒鳴ったら、草むらから親爺がズボンを引き上げながら、「いらっしゃい！」と出て来たのには参った。「手を洗えよ！　汚え」思わず怒った。

後日談だが、出前ＤＨの陳さんが屋台ラーメンを始めたらしい。噂では野球好きが嵩《こう》じて野球賭博に手を出し、店をヤクザに取られたそうだ。

懲役バーバー

この床屋は従業員全員が刑務所に入ったことがあり、そこで床屋の技術を習って娑婆《しゃば》に出てきた。手に職をつけて、出所後も生活が出来る様にとの国の政策であろう。

料金は一律千円で安く、髭《ひげ》も剃《そ》ってくれるのだが、カミソリを持った店員を鏡越しに見ると少々怖い。店に入って髪の刈り方を注文すると、「はい、分かりました！」と言っていきなりバリカンで刈り上げ、前髪を真っ直ぐに切って終わり。皆んなタラちゃんみたいな頭にされちゃうが、怖くて文句を言えない。

また、同じ様な店で、刑務所ラーメンや前科者スナックってのもあった。

フレンチレストラン

シェフ兼経営者がフランスで五年間修業して千束《せんぞく》通りに店をオープンしたと聞いた。小遣いが入ったのでいってみたら、高い帽子を被ったコックが出て来て丁寧に席に案内してくれた。メニューを頼むと革のカバーの高そうなメニューを持ってきた。お金の心配をしながらそっと開ける。そこにはいきなり、「カツカレー１０００円」、「たらこ茶漬け５００円」、「焼き鳥1本１００円」、「カツ丼１２００円」と書いてあった。

あとで知り合いに聞いたら、初めはちゃんとフランス料理を出していたらしいが、客が無茶言うんでああなったという。さすが浅草である。

有名人の溜り場「スナック芸能界」

この店の入り口にはドアを挟んで両脇に開店祝いの花輪が並んでいる。もう開店して十年以上経つのにかたづけてない。ときどき葬儀の花輪が交じっていて、札《ふだ》の字を読んでみると、美空《みそら》ひばり、石原裕次郎《いしはらゆうじろう》、高倉健《たかくらけん》、三橋美智也《みはしみちや》など、マスターが知ってる限りのタレントの名が並んでいる。三田明《みたあきら》や、こまどり姉妹ってのもある。一時は克美《かつみ》しげるの花輪があったがなくなっていた。

中に入るとデヴィ夫人が喜びそうなロココ調の内装で（全部壁紙と合板だが）、カウンターの後ろに高級ブランデーやウイスキーが置いてあり、タグの付いたチェーンがボトルに吊されている。タグを見ると、森繁久弥《もりしげひさや》、田中角栄《たなかかくえい》、また美空ひばり、黒澤明《くろさわあきら》――Wけんじや大宮《おおみや》デン助《すけ》あたりに、ところどころ浅草を感じさせる。有名人なんか一人も来てないのに。

マスターはたまに客がいると電話をする。マスターの名前は、「勝《まさる》」だ。

「あ〜もしもしお世話になってます、勝です、あ！　裕ちゃん、こないだはスイマセン、大丈夫だったですか、舘《たち》ひろしは？　渡《わたり》さんも？　心配しましたよ、店の酒みんな飲んじゃうんだもの。ルイ14世とバカラの30年買っときました。ええ、はい、また待ってます、健さんに宜しく。あ、この間、三船《みふね》さんが来て裕ちゃんは元気かって聞いてましたよ」

　相手もいないのにこんなふうに一人芝居をしている。しかしそれが客を、この店で一回も有名人に会った事がないのにその気にさせる。まるで集団催眠みたいな店だ。

　店の常連でハーフのジミー浩《ひろし》ってのがいたが、いま考えるとジミーも浩も名前で名字じゃないじゃねえか。この詐欺師は隣に座った客から幾らか騙して金にするか、奢ってもらうため、「カメレオンマン」のようにどんな職業にもなれる。相撲好きがいれば行司《ぎょうじ》になって「式守弥助《しきもりやすけ》といってまだ幕下の行司しか出来ない」と客に取り入ったり、黒澤明、山田洋次《やまだようじ》、深作欣二《ふかさくきんじ》の助監督になったり、落語家の二つ目で林家六助と自己紹介したり、さらにはサザンオールスターズのベース奏者やゴルフのレッスンプロを騙《かた》ったりする。レッスンプロでありツアープロじゃないのがミソだ。あとはAV男優とか、元悪役商会で芸名が「大文字龍《だいもんじりゅう》」、また相手が教養がありそうだと、N響でホルンを吹いていると言ってみたりと、兎に角頭がいい。皆んな名前は知ってるが気にしない人物から聞いたこともない人物にまでなりきる。たまに失敗して本職に遭遇することもあるが、そこは詐欺師、上手くごまかす。

結局この店は、芸能人目当ての客や芸能人の卵がよく来るので結構儲かったらしい。

元特攻隊の生き残り「水原純一」

この人は元特攻隊で沖縄戦で敵の軍用艦に体当たり攻撃を仕掛ける予定だったが、燃料切れで海に不時着、アメリカ兵に助けられた。その場で腹を切ろうとしたが止められ、未だに戦友の事を思い、店に来る前には必ず靖国神社に参拝してくるという。

これは本人の話だが、その話が始まると小さな飲み屋だが皆んなシュンとなってしまい、こんなコトしてて我々はいいんだろうか、と酒が進まなくなり、マスターは渋い顔になる。

あとで分かったのだが、水原さんは府中の飛行機工場で働いていただけで特攻隊とは関係ないらしい。こういう人は浅草に昔は沢山いて、戦争で足を吹っ飛ばされたといってアコーディオン弾いて軍歌を歌いお金を貰ってる人や、地下鉄や電車の中で国の補償が何にもないと演説してお金を募《つの》る人などもいた。しかし中にはヤクザに借金を返すため、道具一式を借りてやらされてる人もいた。

土俵付き「ちゃんこ　どすこい」

元春日野《かすがの》部屋の幕下力士が始めた店で、初めはちゃんこ鍋を出していたが、酔った客が「お相撲さんてどの位強いの？」と言いだしたので、元幕下でもこれだけ強いんだって事を知ってもらうために近くの公園で土の上に棒で土俵を描いて相撲の相手をやりはじめた。

そのうち人気が出てしまい、店の切り盛りをするのがカミさんだけになって大変なので、カウンター以外の座敷を潰して土俵にして客相手に相撲をとっていたら、狭いので客がカウンターに頭ぶつけたり、酔って夢中になり脳溢血《のういっけつ》になるなど怪我や事件が重なり、訴えられ潰れた。

ポール牧師匠の伝説

いろいろな店やおかしな人を紹介してきたが、俺の関わった芸人さんの中では死んだポール牧《まき》師匠が一番思い出深い。

浅草のスナックで若手のメンバーで飲んでいたら、そこに地元のチンピラらしき奴が入って来て、皆んなに絡むし殴られた奴もいた。大きな男で強そうだし、マスターも困っている。その時、「そういう場合は俺に電話しろ、俺はヤクザにも強いコネがある」とポール牧師匠が言っていたことを思い出し、男が便所に入った隙に電話したら、近くで飲んでいてすぐ来ると言う。待っていると、ハアハア息を切らせながら師匠が入ってきた。

「お前、殴られたのか！　只じゃ置かねえぞ。その野郎は何処だ？　何処逃げた？　居ないな、ここか？」言いながら店の奥を見たりしている。「師匠、トイレの中です！」マスターが言うと「何ココか！」とトイレのドアを叩いた。ドアが開き中の大男が出てくると、「ココにも居ない！」と言って師匠はネオン街に消えていった。

師匠とはこんな想い出もある。

一緒に車で両国あたりを走っていたら古い鰻屋があった。俺が「随分古い店ですね」と言うと、「いや、こういう店が美味《うま》いんだよ、重箱だって使い込まなきゃ漆が馴染《なじ》まないんだから。古いのは美味い証拠だよ。食べていこうか、駐車場あるじゃねえか」

そこで車を入れようとしたら、バックしてきた外車が割り込んで尻を入れてきた。怒った師匠が「この田舎者、文句言ってやる！」と出て行ったが、窓越しにちょっと話をして、すぐ頭ペコペコさげながら車を誘導してる。

「オーライ、オーライ、はい、右に切ってはいストップ」、そして俺の車に向かってくるので窓を開けると、「タケちゃん、凄いヤクザ！」と耳打ちしてまた外車の方に戻って行った。

結局駐車場が空くまで三十分くらい待って、中でもヤクザにペコペコして、汚え店で重箱も漆が剝げていたが「こういうのが美味いんだよ、騙されたと思ってタケちゃん喰ってみな！」と師匠が言うので喰ったが、同時に喰ったポール師匠が「騙された！」。

＊この小説はフィクションです。実在の人物や団体などとは関係ありません。

［初出］

足立区島根町……………「文藝」二〇一九年冬季号

浅草迄…………………「文藝」二〇二〇年夏季号

随想――浅草商店街…書き下ろし

北野武（きたの・たけし）

ビートたけし。一九四七年、東京都足立区生まれ。七二年、ツービート結成。漫才ブームとともに絶大な人気を誇る。八九年『その男、凶暴につき』で映画監督デビュー。九七年『ＨＡＮＡ‐ＢＩ』でヴェネチア国際映画祭金獅子賞を受賞。二〇一〇年、フランスの芸術文化勲章「コマンドゥール」を受章。一八年、旭日小綬章受章。近著に『アナログ』『ゴンちゃん、またね。』『フランス座』『キャバレー』『北野武第一短篇集　純、文学』『首』『大親分！　アウトレイジな懲りない面々』『不良』などがある。

浅草迄《あさくさまで》

二〇二〇年一〇月二〇日　初版印刷
二〇二〇年一〇月三〇日　初版発行

著　者　北野《きたの》武《たけし》

発行者　小野寺優

発行所　株式会社河出書房新社
〒一五一-〇〇五一　東京都渋谷区千駄ヶ谷二-三二-二
電話　〇三-三四〇四-一二〇一［営業］
〇三-三四〇四-八六一一［編集］
http://www.kawade.co.jp/

印　刷　株式会社亨有堂印刷所

製　本　小泉製本株式会社

Printed in Japan　ISBN978-4-309-02921-4